تم میرے ہو

(افسانے)

مجنوں گورکھپوری

Tum mere ho *(Short Stories)*
by: MajnooN Gorakhpuri
Edition: November '2025
Publisher :
Taemeer Publications LLC (Michigan, USA / Hyderabad, India)

ISBN 978-93-6908-970-3
9 789369 089703

کتاب	:	**تم میرے ہو** (افسانے)
مصنف	:	**مجنوں گورکھپوری**
صنف	:	فکشن
ناشر	:	تعمیر پبلی کیشنز (حیدرآباد، انڈیا)
سالِ اشاعت	:	۲۰۲۵ء
صفحات	:	۱۳۸
سرورق ڈیزائن	:	تعمیر ویب ڈیزائن

فہرست

ا

محبت کا جوگ

میں کوئی ادیب نہیں ہوں، نہ میری علمی استعداد بہت زیادہ ہے اور نہ میں کسی خاص طرز انشا کا مالک ہوں۔ یہ عمر میں پہلی بار ہے کہ عوام کے سامنے اپنے حالات اور اپنی تحریر پیش کر رہا ہوں، مجھے واقعات کو ترتیب وار بیان کرنا بھی نہیں آتا اور پھر ایسے واقعات جو خود میرے ذہن میں کسی خاص ترتیب کے ساتھ موجود نہ ہوں۔ مجھے جو کچھ یاد ہے وہ خواب کی طرح یاد ہے، ممکن ہے میرے پڑھنے والے ان اوراق میں کوئی دلچسپی کی بات نہ پائیں۔ لیکن میں اپنے واقعات کو بغیر قلم بند کیے ہوئے نہیں رہ سکتا۔ اس لیے کہ اگر میرے وکلا نے مجھے دیوانہ اور فاتر العقل ثابت کر کے مجھے رہائی نہ دلوائی ہوتی تو آج انھیں واقعات کی بدولت عدم آباد کا راستہ لیے مجھے برسوں ہو گئے ہوتے۔ چھ سال تک میں بنارس کے پاگل خانے میں بند رہا اور مجھے وہاں سے چھوٹے ہوئے مشکل سے دو سال کا عرصہ گزرا ہے۔ ڈاکٹروں نے اگرچہ مجھے صحت دماغ کی سند دے دی ہے لیکن میرے جاننے والوں کا خیال ہے کہ اب بھی مجھ میں جنون کے کچھ اثرات باقی ہیں، کاش یہی ہوتا! لیکن یہ تو واقعہ ہے اور سنگین ترین واقعہ۔ میں اس کو یاد کرتا ہوں تو میرے کلیجے میں ہوکیں اُٹھنے لگتی ہیں۔

میں نے اس سے پہلے پاگل خانہ میں بھی اپنی سرگزشت لکھ ڈالنے کا ارادہ کیا مگر

چونکہ اب تک واقعات کا صحیح علم خود مجھ کو نہ تھا اس لیے نہ لکھ سکا۔ تقریباً ایک ہفتہ ہوا کہ وہ مجھے مسلسل معلوم ہوئے ہیں اور میری سرگزشت اب آپ کے سامنے ہے۔

میں گھر کا خوش حال ہوں، انٹرنس تک انگریزی تعلیم پائی ہے، عربی میں بھی کچھ شُدبُد ہے، بچپن سے میری صحت خراب رہتی ہے۔ اس لیے سلسلہ تعلیم کو آگے نہ بڑھا سکا، ماں باپ نے اسکول سے نام کٹوا کر گاؤں پر بٹھا دیا، میں اپنی جائیداد کے انتظام میں لگ گیا اور اس میں شک نہیں کہ کھیت کھلیان کی آب و ہوا میرے لیے بہت بڑی حد تک صحت بخش ثابت ہوئی۔ دن بھر میں ضروری کاموں میں لگا رہتا تھا اور رات کو قصہ کہانی سے جی بہلانے کے لیے پڑھا کرتا تھا۔ یا کبھی کبھی شعر کہا کرتا تھا۔ شعر کیا کہتا تھا دو مصرعے موزوں کر لیا کرتا تھا۔ میرا خیال ہے کہ اس کے لیے کسی خاص علمی استعداد کی ضرورت نہیں، صرف ذوق کافی ہے۔

شام کو میں روز جنگل اور دریا کی سیر کو جایا کرتا تھا۔ ایک دن شام کو گرمی کے زمانہ میں تقریباً پانچ بجے میں حسب معمول گھر سے نکلا اور دریا کی طرف چلا جو میرے گاؤں سے کوئی دو میل کے فاصلہ پر ہے، میں اونچے نیچے راستہ کو طے کرتا ہوا چلا جا رہا تھا، میں کسی خیال میں محو تھا، شاید کوئی شعر موزوں کر رہا تھا، مجھے یہ بھی خبر نہ تھی کہ میں کہاں ہوں، دریا کے کنارے پہنچ کر مجھے ہوش آیا اور میں نے دیکھا کہ سامنے دریا کے کنارے کنارے راہبوں کا ایک گروہ چلا آرہا ہے، مجھے یاد پڑا کہ میلے کا دن ہے۔ میلہ یہاں سے تین کوس اُتّر پورب اس دریا کے کنارے ہر سال ہوا کرتا ہے۔ اور دو دور سے دیہاتی آکر اس میں شریک ہوا کرتے ہیں۔ راہبوں کا یہ گروہ جب قریب آیا تو میری نظر ایک سولہ سترہ سال کی لڑکی پر پڑی جو سب سے آگے آگے چل رہی تھی۔ میں اس میں محو ہو گیا اور جب تک اُس کو دیکھ سکا دیکھتا رہا اور پھر دیر تک خلا میں اس طرف دیکھتا رہا جس طرف وہ

گئی تھی۔ آپ اس سے میری ازخودرفتگی کا اندازہ لگا سکتے ہیں، مجھے ایسا محسوس ہوتا تھا کہ وہ میری ساری ہستی کو سمیٹ کر اپنے ساتھ لے گئی ہے۔ اس نے بھی مڑ مڑ کر کئی بار مجھ کو دیکھا تھا اور مجھے یقین ہے کہ وہ میری مبہوت نگاہوں کی داد دے رہی تھی۔ میں نے اس کے خیال کو دور کرنے کی بہت کوشش کی، لیکن جتنا ہی اس کو بھولنا چاہتا تھا اتنا ہی وہ اور یاد آتی تھی، اس کی یاد میرے لیے نام خدا ہو کر رہ گئی تھی۔ میں نے اس کو بہت تلاش کیا مگر اس کا پتہ نہ چلا۔ رفتہ رفتہ میری یہ حالت ہوئی کہ ہر وقت اٹھتے بیٹھتے سوتے جاگتے وہی میری نظر کے سامنے رہتی۔ میں دن دوپہر بیداری کی حالت میں اس کے خواب دیکھنے لگا۔

اب میں شام کو روز دریا کی طرف جانے لگا۔ میرے لیے اب کہیں اور دلچسپی نہ تھی۔ میں اُسی جگہ جا کر گھنٹوں اس کو یاد کیا کرتا جہاں اُس سے میری آنکھیں دوچار ہوئی تھیں۔ میری نگاہوں میں اس جگہ کو ایک خاص حرمت حاصل تھی۔

اس طرح کوئی پندرہ دن گزر گئے، میرے جنون میں ذرہ برابر کمی نہیں ہوئی۔ میں اس مقدس "منزل" پر دیر تک سکوت کے عالم میں عشق کی نماز ادا کیا کرتا تھا۔ ایک روز حسب معمول اسی جگہ بیٹھا ہوا تھا، سورج ایک سرخ گولہ بنکر مغربی افق تک پہنچ گیا تھا، دریا کی روانی میں سستی پیدا ہو چلی تھی، موجیں تھک گئی تھیں، مجھ پر بھی ایک غنودگی کی کیفیت طاری تھی، یکایک میں نے دیکھا کہ وہ پھر آرہی ہے، اس دفعہ وہ تنہا تھی اور اس طرف سے آرہی تھی جدھر اس دن میں نے اس کو جاتے دیکھا تھا، میرے اندر جذبات کا ایک طوفان برپا ہو گیا اور میں بے ساختہ اس کی طرف دوڑ پڑا اور پھر؟۔۔۔ پھر کچھ نہ تھا۔ وہ وہاں نہ تھی، ایسا معلوم ہوتا تھا کہ دریا کی بے شمار موجوں میں کہیں غائب ہو گئی ہے۔ میں یہ ماننے کے لیے تیار نہ تھا کہ یہ سب میرے حواس کا دھوکا تھا۔ میں نے اِدھر

اُدھر آنکھیں پھاڑ پھاڑ کر دیکھنا شروع کیا۔ اتنے میں میں نے دیکھا کہ مجھ سے چند قدم پر میرے بائیں طرف گیروا لباس پہنے ہوئے ایک سادھو کھڑا ہے۔ میں سمجھ گیا کہ یہ وہی سادھو ہے جو یہاں سے چند بیگھوں کے فاصلے پر ایک نہایت اونچے ٹیلے پر اپنی کٹیا بنائے ہوئے ہے۔ یہ ٹیلا اتنا بلند ہے کہ باڑھ کے زمانہ میں بھی جب کہ ہر طرف پانی ہی پانی ہو جاتا ہے اس کا آدھے سے زیادہ حصہ سطح آب سے اوپر ہوتا ہے۔ سادھو دن رات اسی کٹی میں رہتا تھا اور کہیں آتا جاتا نہ تھا۔ وہ گردونواح میں کافی شہرت رکھتا تھا۔ لوگ اس کو نقد اور غلہ لا کر دے جاتے تھے اور شاید اسی پر اس کی گزر اوقات تھی، میں نے اس کا نام سنا تھا، میرے لیے اس میں کوئی خاص قابل توجہ بات نہ تھی۔

میرا ہیجان کچھ ایسا بڑھا ہوا تھا کہ میں نے سادھو کو دیکھتے ہی گستاخانہ لہجہ میں پوچھا "کیوں؟ وہ کہاں گئی؟"۔ سادھو نے کہا "بچہ! تم کس کو پوچھتے ہو؟ یہاں تو میرے سوا دیر سے کوئی نہیں ہے۔" یہ کہہ کر وہ مسکراتا ہوا میری طرف بڑھا میں اپنے سوال کو شاید اور درشتی کے ساتھ دہراتا، مگر اس کی مسکراہٹ میں ایک عجیب وغریب کیفیت تھی جس کو میں بیان نہیں کر سکتا، میری آنکھیں جھک گئیں، میں اپنے سر میں ایک غیر معمولی تکان محسوس کرنے لگا اور اسی جگہ بیٹھ گیا۔ سادھو نے میرے پاس آکر پوچھا "بچہ! تم کو کیا ہوا ہے؟ میں روز تم کو یہاں بے خبری کے عالم میں دیکھتا ہوں، آخر تمھیں اس جگہ سے کیوں انس ہے؟ آج تم دوڑے ہوئے کہاں جا رہے تھے؟ اور یہ کس کے بارے میں پوچھ رہے تھے؟" میں اب اس سے آنکھیں ملاتے ہوئے گھبراتا تھا۔ میں نے سر نیچے کیے ہوئے جواب دیا: "مہاراج اپنا راستہ لو مجھے کچھ نہیں ہوا ہے۔"

"ہوا تو تم کو بہت کچھ ہے اور مجھے خوب معلوم ہے کہ کیا ہوا ہے لیکن میں خود تمھاری زبان سے تمھارا حال سننا چاہتا ہوں، دیکھو مجھے اپنا دوست سمجھو، مجھ سے دل کی

بات نہ چھپاؤ، میں تمہارے کام آسکتا ہوں۔"

سادھو یہ کہہ کر میرے سر پر ہاتھ پھیرنے لگا جس سے میرے دماغ میں سکون پیدا ہونے لگا۔ میں بات کی بات میں اس خواہش سے مغلوب ہو گیا کہ سادھو کو اپنے راز سے آگاہ کردوں۔

میں نے اپنا حال مفصل بیان کر دیا اور میرے دل کا بار بہت کچھ ہلکا ہو گیا۔ میں نے اُس لڑکی کا حلیہ بھی بیان کر دیا، سادھو اپنی گھنی اور لمبی داڑھی اپنے ہاتھ میں لے کر کچھ سوچنے لگا۔ میں اس کی صورت کو غور سے دیکھنے لگا۔ اس کی صورت سے ایک خاص جلال ٹپکتا تھا۔ یہی جلال تھا جس نے مجھے اس کے سامنے ایسا بے بس کر دیا تھا کہ میں اُس کو اپنا رازدار بنانے کے لیے مجبور ہو گیا۔

تھوڑی دیر بعد سادھو نے ایک گہری سانس لی۔ معلوم ہوتا تھا کہ اس ایک سانس میں نہ جانے کتنے راز پوشیدہ ہیں۔ میں اب اس سے ایک موانست محسوس کر رہا تھا۔ میں سراپا گوش بن کر اس کے جواب کا انتظار کرنے لگا۔ آخر کار اس نے کہا"اگر میں یہ کہوں کہ اس کا اس دنیا میں کہیں وجود نہیں، اور وہ تمہارے خواب کی رہنے والی ہے اور تم دراصل اس کو خواب ہی میں دیکھا کرتے ہو تو تم میری بات کو تسلیم نہیں کروگے اور شاید مجھ سے چڑھ بھی جاؤ۔ لیکن ادھر دیکھو! تمہاری عمر زیادہ سے زیادہ بیس برس کی ہوگی، میں تم سے تین سال بڑا ہوں۔ کم سے کم اتنا تو مان ہی لوگے کہ زندگی اور زندگی کے واقعات کا تجربہ مجھ کو زیادہ ہے۔ میں جو کچھ سمجھتا ہوں اور جو کچھ کہتا ہوں اس کے صحیح ہونے کا امکان تم جو کچھ سمجھتے ہو یا کہتے ہو اس کے مقابلہ میں کہیں زیادہ ہے۔ ہاں تو میں یہ کہہ رہا تھا کہ وہ تمہارے خواب کی پری ہے اور تم اگر اس کو پا سکتے ہو تو خواب ہی کی دنیا میں۔ یہاں اس بات کو بھی سمجھ لو کہ دوسروں کی طرح میں خواب کی اصلیت سے انکار

نہیں کرتا۔ خواب بھی اسی طرح ایک حقیقت ہے جس طرح ہمارے ہوش و حواس کی زندگی۔ لیکن دونوں حقیقتوں میں زمین و آسمان کا فرق ہے۔ اس دنیا کی حقیقت خواب کی دنیا کے لیے ایک واہمہ ہے، بالکل اسی طرح جس طرح خواب کی حقیقت اس دنیا کے لیے ایک دھوکا ہے، تم اگر چاہو تو میں تمہاری مدد کر سکتا ہوں، اگر تم اس دنیا سے قطع نظر کرنا گوارا کرو تو میں ہمیشہ کے لیے تم کو اس سے ملا دوں۔"

میں نے کچھ جواب نہیں دیا، میں چپ چاپ اس کا منھ تکتا رہا، اس نے پھر کہنا شروع کیا: "تم کو میری باتوں کا اعتبار نہیں آتا۔ اچھا کم از کم مجھ کو ایک ہفتہ کا موقع دو، گھر والوں سے کچھ بہانہ کر کے چپکے سے میری کٹی میں چلے آؤ اور ایک ہفتہ یہاں رہو۔ ایک ہفتہ کے لیے وہ تمہاری ہوگی۔ اس وقت تم کو معلوم ہو جائے گا کہ میں نے جو کچھ کہا وہ کہاں تک سچ ہے۔ پھر اگر تم کہو گے تو مدت العمر کے لیے میں تم کو اس سے ملا دوں گا۔ بولو! منظور ہے؟"

میں نے بغیر سوچے سمجھے کہہ دیا "ہاں منظور ہے"۔ اس کے بعد سادھو مجھ کو لے کر اپنی کٹی میں گیا اور وہاں تھوڑی دیر تک مجھے ایسے کمالات دکھاتا رہا کہ میرے ہوش اُڑ گئے۔ چونکہ ان کو میری داستان سے کوئی تعلق نہیں ہے اس لیے ان کو بیان کرنا بیکار ہے۔ دنیا ان کو شعبدہ بازی سمجھے گی، مگر میں ان کی حقیقت سے انکار نہیں کر سکتا۔ اس کے بعد سادھو نے مجھ کو رخصت کیا، چلتے چلتے اس نے کہا: "لیکن قبل اس کے کہ تم میرے کہنے پر عمل کرو میں تم کو دو باتیں بتا دینا چاہتا ہوں۔ ایک تو یہ کہ تم کو اس تجربہ کے لیے اپنے کو صدق دل اور عقیدت مندی کے ساتھ میرے حوالہ کر دینا پڑے گا۔ دوسرے یہ کہ ساتویں دن کے بعد جب تم ہوش میں آؤ گے تو تمہاری زندگی خطرہ میں ہوگی۔ اگر اس خطرہ سے تم بچ کر نکل گئے تو آئندہ اس قابل ہو جاؤ گے کہ ساری عمر اس

کے ساتھ رہو۔ کل ان سب باتوں پر اچھی طرح غور کر کے آنا۔"

میں اب کیا سوچتا سمجھتا؟ میں تو بُری طرح اُس سادھو کے قبضہ میں تھا اور اُس "خواب کی پری" سے ملنے کے لیے بیتاب تھا۔

دوسرے روز از سرِنو ارادہ کرنے کی ضرورت نہ تھی۔ سادھو کا خیال مجھ پر اس طرح مسلط رہا کہ صبح سے شام کرنا میرے لیے پہاڑ ہو گیا۔ خدا خدا کر کے شام ہوئی اور وہاں سے یہ کہہ کر کہ "میں ایک دوست سے ملنے جا رہا ہوں اور ایک ہفتہ وہاں رہوں گا" چل کھڑا ہوا، میرے ساتھ سوا ایک دری اور چادر کے کچھ نہ تھا۔ میں نے اپنے ساتھ کسی ملازم کو نہیں لیا اور اکیلا اسٹیشن کی طرف چلا۔ جب کچھ دور نکل گیا اور یہ اطمینان ہوا کہ اب کوئی دیکھنے والا نہیں ہے تو سادھو کی کٹی کی طرف مڑا۔

سادھو مجھے دیکھ کر اسی طرح مسکراتا ہوا اٹھا اور مجھے اپنی کٹی کے اندر لے گیا۔ ہر چند کہ اس وقت ادھر سے کسی کے گزرنے کا اندیشہ نہ تھا پھر بھی سادھو نے کہا "بہتر یہ ہے کہ ہم لوگ باہر نہ رہیں تاکہ تمہیں کوئی یہاں دیکھ نہ سکے"۔ اس کے بعد وہ مختلف قسم کی باتیں کرتا رہا۔ مجھے معلوم ہو گیا کہ زندگی کی نت نئی حقیقتوں پر اس کو پورا عبور حاصل ہے۔ مجھے اس دو دن کے اندر یقین ہو گیا تھا کہ زندگی اور فطرت کے اسرار کتابوں میں نہیں مل سکتے۔ وہ انسان کے اندر موجود ہیں، انسان کا کام ان کو پالینا ہے۔

جب آٹھ بج گئے اور اندھیرا کافی ہو چلا تو سادھو نے ایک بار مجھ سے پوچھا "ہاں تو تم نے آگا پیچھا اچھی طرح سوچ لیا ہے؟"

میں نے کہا "مہاراج تم اپنا عمل شروع کرو میں تیار ہوں۔" سادھو نے کچھ پھل اور ایک پیالہ دودھ رکھ کر کہا "اچھا اس کو کھالو، یہ 'ساتوک' کھانا ہے، یہ انسان کو ہلکا اور لطیف بناتا ہے۔ آج اگر تم اس سے بھاری غذا کھاؤ تو تمہارے حق میں مفید ثابت نہ ہو۔"

مجھے دودھ سے نفرت تھی، لیکن میں نے کھایا اور نہیں کہہ سکتا کہ اس میں کیسی لذت ملی۔ اس کے بعد سادھو نے اپنا عمل شروع کیا۔ وہ میری آنکھوں میں آنکھیں ڈال کر دیکھنے لگا، رہ رہ کر وہ اپنے ہاتھ کو میرے جسم سے کوئی ایک ہاتھ کے فاصلہ پر رکھ کر میرے سر سے پاؤں کی طرف لے جاتا تھا اور زیر لب کچھ کہتا بھی جاتا تھا، تھوڑی دیر کے بعد میں ایسا محسوس کرنے لگا کہ ہوا میں تیر رہا ہوں اور پھر۔۔۔

پریما اب میری تھی۔ میں نے اس کے لیے گھر تج دیا تھا، سارے کنبے سے منھ موڑ لیا تھا اور خوش تھا کہ میں اپنی پچھلی زندگی کو بھول گیا تھا۔ پریما نے مجھے تندرست جوان اور خوبصورت بنا دیا تھا، اُس نے میرے لیے کیا کچھ ایثار نہیں کیا تھا، اس نے میرے لیے اپنی ذات پات اور دھرم کو چھوڑ دیا۔ محبت اب ہم دونوں کا دھرم تھا، ہم لوگ ایسی جگہ تھے جو اس جگہ سے بہت کچھ ملتی جلتی تھی جہاں میں نے پہلی بار اس کو دیکھا تھا۔ لیکن اب وہ اس دنیا کی سرزمین نہیں معلوم ہوتی تھی جس میں میں اس سے پہلے رہتا تھا۔ یہاں مذہب وملت کا جھگڑا نہ تھا۔ زمین و آسمان کی بلائیں اس جگہ نہیں پہنچ سکتی تھیں، ہم دو کے علاوہ تیسرے کا یہاں کوئی دخل نہ تھا۔ میں یہاں کا راجہ تھا اور پریما میری رانی، میں اس سرزمین کو پریم نگر کہوں گا، پریم نگر ایک سدا بہار ملک تھا، یا یوں کہو کہ وہاں کی خزاں میں بھی ایک نشاط ایک ہستی، ایک طراوٹ تھی۔ پریم نگر میں جس طرف نظر اٹھتی تھی نت نئے پھول اور رنگ برنگ کے سرسبز اور شاداب درخت اور پودے دکھائی دیتے تھے۔ وہاں کی ندی نالوں کی موسیقی میں ایک فردوسی کیفیت تھی جس کو میں نے کبھی اس دنیا میں محسوس نہیں کیا۔ پریم نگر کی راتیں ڈراؤنی نہیں تھیں، بلکہ ان میں بھی ایک دلکشا تنویر تھی، وہاں محبت سے کبھی طبیعت سیر نہیں ہوتی تھی اور نہ کسی چیز سے جی اکتاتا تھا جیسا کہ اس دُنیا کا قاعدہ ہے۔ اور میری پریما؟ پریما پہلے سے زیادہ حسین تھی۔ اس میں

ایک لاہوتی دلنوازی آگئی تھی۔ وہ اب عورت نہ تھی بلکہ ایک دیوی تھی۔ شاعروں نے جتنے سراپا لکھے ہیں، مصوروں نے جتنی تصویریں کھینچی ہیں، سنگ تراشوں نے جتنے مجسمے بنائے ہیں، دنیاوالوں نے جتنی دلفریب صورتیں دیکھی ہیں ان میں سے حسین ترین خصوصیات کو الگ کرلیجیے اور یہ سب کچھ اور ان سے بھی زیادہ میری پریماآمیں موجود تھیں۔اس کی آنکھیں غیر فانی وفاو محبت سے معمور تھیں۔

پریماآ ہر وقت میری خدمت میں لگی رہتی تھی اور میں اس کی۔ ہم ہر احتیاج سے آزاد اور ہر فکر سے بے خبر ایک دوسرے کے لیے راحت و مسرت کے نئے نئے پہلو نکالا کرتے تھے۔ میں دن رات اس کو دیکھا کرتا تھا اور وہ مجھ کو، میری جان اس کی آنکھوں میں تھی اور اس کی جان میری آنکھوں میں، میں اس کے نام کی سانس لیتا تھا، وہ میرے نام کی۔ وہ اکثر کہا کرتی تھی "پیارے !نہ جانے کتنی عمریں میں یہاں تمہارے انتظار میں گزار چکی ہوں۔ میں تمہارے لیے بنائی گئی تھی، مجھے یقین تھا کہ تم مجھ کو کبھی نہ کبھی ضرور ملوگے، آخر کار میں تم کو پاگئی۔ اب تم میرے ہو اور میں تمہاری، اور یہ زمین و آسمان، چاند و سورج، دن رات، جنگل جھاڑی، ندی نالے، غرض کہ تمام چیزیں ہماری ہیں۔" اور میں جواب دیتا" پریماآ!ہاں اب میں ہوں اور تم اور یہ کائنات، نہ تم مجھ سے جدا ہوگی نہ میں تم سے، اور نہ ہم اس دنیا کو چھوڑ کر کہیں جائیں گے۔"

پریماآ جس وقت میرے جسم کو چھوتی یا مجھے چومتی تو اس سے میرے دل کی رگوں میں ہیجان نہیں پیدا ہوتا تھا بلکہ میری روح اور روح کی ایک ایک تہ میں ایک لطیف لہر دوڑ جاتی تھی اور میں اس میں ایک سکون وراحت کی کیفیت پاتا تھا۔

میں جس دنیا کو پیچھے چھوڑ آیا تھا اس کی آلودگیوں، اس کی تاریکیوں اور اس کی مصیبتوں کی ایک ہلکی سی یاد باقی تھی۔ بعض اوقات بے اختیار جی چاہتا تھا کہ ایک بار میں

پھر اسی دنیا میں پہنچ جاؤں اور دنیا والوں کو محبت اور شاعری کا پیغام سناؤں۔

"دیکھیے انسانیت اس کو کہتے ہیں۔ زندگی یہ ہے، تمہارے افکار و آلام، تمہارے بے معنی جھگڑوں، بکھیڑوں اور تمہاری گندگیوں کا نام زندگی نہیں ہے جس کو تم انسانیت سمجھے ہوئے ہو، جس کو تم زندگی کہتے ہو وہ ایک قسم کی بیماری ہے، ہاں وہ ایک روحانی کوڑھ ہے۔"

کبھی کبھی مجھ پر اس پیغمبری کا جنون اس طرح سوار ہو جاتا تھا کہ میں اپنی موجودہ زندگی کی راحتوں کو چھوڑ دینے کے لیے بھی تیار ہو جاتا تھا۔ مجھے حسرت تھی کہ دنیا کو پریم نگر بنا دوں۔ پریم نگر میں اگر کبھی میرے اندر کوئی تمنا پیدا ہوئی تو یہ اور کبھی کوئی فکر محسوس ہوئی تو یہ لیکن میری یہ حالت بھی دیر پا نہ ہوتی تھی۔ پریما مجھے فکر مند دیکھ کر محبت میں بہلا لیتی۔ وہ کہتی "میرے سرتاج! پریم نگر جی کڑھانے کی جگہ نہیں ہے، بیکار فکر نہ کرو۔ تم دنیا کو جیسا بنانا چاہتے ہو وہ ہو کے رہے گی، یہ فتنے فساد، یہ رسمی جھگڑے، یہ گندگیاں رہنے کی نہیں، لیکن ہر بات کے لیے ایک وقت ہوتا ہے، ابھی وہ وقت نہیں آیا کہ دنیا اندھیرے کو چھوڑ کر اجالے کی طرف آئے۔"

اس کے بعد پریما مجھے پریم نگر کی بے شمار رنگینیوں کی طرف متوجہ کر کے کہتی "دیکھو چاندنی کی مدھم کرنیں کیا کہہ رہی ہیں، سنو یہ قمریاں کیا کہتی جا رہی ہیں، ادھر دیکھو ہنس کا جوڑا بیٹھا ہوا ہے۔ دونوں آپس میں کچھ باتیں کر رہے ہیں۔ سامنے دیکھو بھونرے نے پھول کے کان میں کچھ کہا، ذرا ندی کے گیت سنو اور ان لہروں کو دیکھو کنارے کی طرف کیسا خوش خوش اور تیزی کے ساتھ آتی ہیں اور کنارے سے مل کر کھو جاتی ہیں۔ اور پھر ذرا اس طرف نظر اٹھاؤ زمین اور آسمان گلے مل رہے ہیں۔"

یہ کہہ کر وہ میرے گلے میں باہیں ڈال دیتی اور مجھے بوسہ دے کر کہنے لگتی "ہاں

پیارے محبت ہر چیز کی اصلیت ہے، محبت قدرت کی روح ہے۔ محبت آدمیت کی جان ہے، محبت نہ ہو تو ہر چیز مایا ہے یا جیسا کہ تم کہتے ہو زندگی ایک قسم کا کوڑھ ہے، محبت کی فتح ضروری ہے، جس دُنیا کے لیے تم ابھی اپنا دل دکھاتے رہے ہو اُس پر وہ ایک نہ ایک دن فتح پائے گی، اور وہ دنیا بھی ایک دن پریم نگر ہو جائے گی۔"

اس طرح میرے خیال میں نہ جانے کتنی رات گزگئی، ہماری زندگی کی مسرتوں میں کوئی تغیر نہیں ہوا، ہم اسی طرح چہکتے رہے۔ لیکن ایک دن جب کہ ہم دریا کے کنارے بیٹھے ہوئے موجوں سے کھیل رہے تھے پریما یکایک سہم کر مجھ سے لپٹ گئی اور ایک طرف اشارہ کرنے لگی۔ میں نے دیکھا تو اس طرف ایک ہیبت ناک اندھیرا چھایا ہوا تھا جو تیزی کے ساتھ ہماری طرف بڑھ رہا تھا، معلوم ہوتا تھا کہ آندھی آرہی ہے۔ پریم نگر کے لیے یہ ایک بالکل نئی بات تھی، میں بھی گھبرا گیا۔

آندھی خاک اُڑاتی ہوئی بہت قریب آگئی اور میں نے دیکھا کہ ایک ڈاکو تلوار سوتے ہوئے دوڑا چلا آرہا ہے۔ میں نے چاہا کہ پریما کو الگ کر کے اس ڈاکو کو روکوں، لیکن پریما مجھ سے اور بھی لپٹ گئی۔ دیکھتے دیکھتے ڈاکو کی تلوار پریما کے سینے میں تھی اور پریما زمین پر، مجھے اپنی غضبناکی میں پریما کا بھی خیال نہیں رہا۔ میں ڈاکو پر جھپٹا، لیکن ڈاکو مجھ سے زیادہ قوی تھا، اس نے میری گرفت سے نکل کر ایک وار مجھ پر کیا اور میں۔۔۔!

اب میرے سامنے کچھ نہ تھا، میں آنکھیں پھاڑ پھاڑ کر ادھر ادھر دیکھ رہا تھا۔ دیر کے بعد میں نے دیکھا کہ سادھو بیٹھا میرے منھ پر پنکھا جھل رہا ہے، اس نے پھر اسی طرح مسکرا کر کہا "اٹھو تمہارے خواب کی میعاد پوری ہوگئی، کہو کیسی سیر تھی؟" اب میں اچھی طرح اپنے ہوش میں تھا، میں نے کہا "مہاراج! میں ہمیشہ اسی سیر میں رہنا چاہتا ہوں۔" سادھو نے جواب دیا "ابھی نہیں، ابھی جس خطرہ کا ذکر میں نے کیا تھا اُس سے تم محفوظ

نہیں ہو۔ اس سے بچ لینا تو زیادہ کی ہوس کرنا۔" یہ کہہ کر وہ پھر مسکرایا اور کہا "اچھا اب اپنے گھر کا راستہ لو۔"

میں اسی خواب کی لذت میں محو چلا جا رہا تھا کہ میرے کانوں میں یہ آواز پڑی "نہ جانے بے چاری کو کس نے قتل کیا اور کیوں؟" میں نے چوک کر دیکھا تو دو راہی باتیں کرتے جا رہے تھے۔ میں نے دریافت کیا تو معلوم ہوا کہ وہاں تقریباً ڈھائی کوس کے بعد ایک گاؤں ہے، وہاں ایک نوجوان خوبصورت عورت رات قتل ہوئی ہے، اس کے شوہر نے قاتل کو پکڑ لیا تھا مگر وہ پھر اس کی گرفت سے نکل گیا، شوہر قاتل کو پہچانتا ہے، اس کا خیال ہے کہ اس نے پہلے بھی اس کو کہیں دیکھا ہے۔ پولیس تلاش کر رہی ہے مگر قاتل کا ابھی تک پتہ نہیں۔ اُمید ہے کہ وہ جلد پکڑ لیا جائے گا، اس لیے کہ اتنی دیر میں وہ کہیں دور نہیں گیا ہوگا۔"

نہ جانے کس جذبہ سے مغلوب ہو کر میں نے اُس گاؤں کا پتہ پوچھا، راہیوں نے کہا "جدھر سے آپ آ رہے ہیں اسی طرف ذرا پچھم دب کر سیدھے چلے جائیے۔ کوئی ڈھائی کوس کے بعد وہ گاؤں آپ کو خود مل جائے گا، اس لیے کہ سارے گاؤں میں ایک ہلچل مچی ہوئی ہے۔" میرے پاؤں خود بخود اس سمت کو اٹھ گئے۔

اس گاؤں میں پہنچتے پہنچتے دوپہر ہو گئی، ابھی سرحد سے باہر ہی تھا کہ دو سپاہیوں نے مجھ کو غور سے دیکھا اور حراست میں لے لیا، قاتل کا حلیہ مجھ سے ملتا تھا، میں کشاں کشاں پیچ گاؤں میں تھانیدار کے سامنے لایا گیا۔ میں حیرت زدہ سب کا منھ تک رہا تھا۔ اتنے میں ایک شخص مجنونانہ بھیڑ کو پھاڑتا ہوا میری طرف بڑھا اور کہنے لگا "ہاں یہی ہے"۔ اُس کی آنکھوں سے شعلے نکل رہے تھے۔

تھانہ دار نے لاش کی طرف اشارہ کرتے ہوئے مجھ سے پوچھا: "تم نے اس کو کیوں

قتل کیا؟" اب میری نظر لاش پر پڑی اور میری حواس بجانہ رہے، یہ تو پریما تھی۔ اس کی صورت بالکل ویسی ہی تھی جیسی رات تک پریم نگر میں تھی اور اس کے سینے پر اسی جگہ زخم تھا جہاں رات اس ڈاکو نے تلوار ماری تھی۔ میں بے اختیار لاش سے لپٹ گیا اور رورو کر کہنے لگا" یہ تو میری پریما ہے، اس کو تو رات اُس ڈاکو نے مارا ہے۔"

پریما کا شوہر یہ کہتا ہوا میری طرف لپکا" مکار! اب آیا ہے باتیں بنانے تاکہ لوگ تجھ کو بے گناہ سمجھیں"۔ اگر لوگ اس کو پکڑ نہ لیتے تو نہ جانے وہ میرے ساتھ کیا سلوک کرتا۔ وہ مجھ پر بالکل اسی طرح جھپٹا تھا جس طرح رات میں ڈاکو پر جھپٹا تھا۔

میرے حواس پھر درست ہو گئے اور اب میں نے کہا" یہ سب اس بدمعاش سادھو کا کیا ہوا ہے جو اس کٹی میں رہتا ہے۔ پریما کا قاتل وہی ہے۔" اس کے بعد میں نے اپنا سارا قصہ بیان کر دیا، اس پر سب لوگ کھل کھلا کر ہنس پڑے۔

تھانے دار نے کہا" یا تو قتل کے احساس سے اس کا دماغ خراب ہو گیا ہے، یا پھر اس کو مکاری خوب آتی ہے۔ لیکن اسی کے ساتھ انھوں نے اُس سادھو کو طلب کرایا۔

سادھو سے لوگ اچھی طرح واقف تھے اور اس کو خدا رسیدہ سمجھتے تھے۔ اس کے آتے ہی سب اس کے قدم لینے لگے۔ تھانے دار نے بھی اس کو اپنی بغل میں ایک مونڈھے پر بٹھلایا۔ سادھو نے مجھے دیکھتے ہی کہا" بچہ! میں کہتا تھا کہ تمہارا دماغ خراب ہو رہا ہے، میں تم سے روز کہتا تھا کہ اس جگہ آکر نہ بیٹھا کرو، تم نے نہیں سُنا آخر کار اپنے کو اس نوبت کو پہنچایا۔"

سامنے ایک ڈنڈا پڑا ہوا تھا، میں نے اس کو اٹھا کر چاہا کہ سادھو کا سر پاش پاش کر دوں، مگر سپاہیوں نے مجھ کو پکڑ لیا۔ سادھو مسکرایا اور تھانہ دار اور دوسروں کو مخاطب کر کے کہنے لگا" یہ میری کٹی کے پاس روز دریا کے کنارے شام کو آکر پہروں دم بخود بیٹھے

رہا کرتے تھے۔ مجھے بہت جلد معلوم ہو گیا کہ ان کا دماغ خراب ہو رہا ہے میں نے ان کو وہاں آنے سے بارہا منع کیا، لیکن انھوں نے میرا کہنا نہیں مانا۔ ایک ہفتہ سے یہ نظر نہیں آتے تھے۔ آج ان کو اس حالت میں دیکھ رہا ہوں۔" اس پر پریما کے شوہر نے اچھل کر کہا" بس بس ٹھیک ہے میں نے بھی اس کو پہلی دفعہ اسی دریا کے کنارے دیکھا تھا جب کہ ہم لوگ شام کے وقت میلہ سے لوٹ رہے تھے۔" اب مجھ سے کچھ نہیں کہا جاتا تھا۔ سادھو کی افترا پردازی پر میں حیران رہ گیا، سادھو نے پھر کہا" میری کٹی سے کچھ دور پر ایک گاؤں ہے وہیں کے زمیندار کے لڑکے ہیں۔ میرا خیال ہے کہ اگر انھوں نے اس لڑکی کو قتل کیا ہے تو ہوش و حواس کی حالت میں نہیں۔"

میں حوالات میں تھا اور میرے گھر رونا پیٹنا پڑا تھا۔ خواب کو حقیقت کی ضد بتایا جاتا ہے۔ میں غور کرتا تھا کہ دونوں اضافی چیزیں معلوم ہوتی تھیں، مجھے سب کچھ خواب معلوم ہو رہا تھا اور اس سات روز کا خواب ایک ناقابل انکار حقیقت۔ میرے گھر والے میرے مقدمہ میں ٹھیکری کی طرح روپے پھینک رہے تھے۔ وکلا اپنا سارا زور صرف کر رہے تھے، آخر کار بڑی مشکل سے پاگل ثابت کیا جا سکا۔ میرے گواہوں میں سادھو بھی تھا، سادھو نے مجھے فاتر العقل ثابت کرنے میں کوئی دقیقہ اٹھا نہیں رکھا۔ میرا جی چاہتا تھا کہ میں سادھو کو کچا چبا جاؤں۔

حوالات سے چھوٹا تو پاگل خانے میں جھونک دیا گیا اور وہاں چھ سال رہا، اس کی وجہ یہ ہے کہ ایسے عجیب و غریب واقعات نے اور پھر پاگل خانہ کی فضا نے مجھے اب واقعی پاگل بنا دیا تھا۔ خدا خدا کر کے وہاں سے نجات ملی اور میں پاگل خانے سے نکل کر اپنے گھر آیا۔ کاش! میں سچ مچ پاگل ہوتا۔ کون جانے پاگلوں کا دماغ کتنا صحیح ہوتا ہے اور ان کی دنیا عقل والوں کی دنیا کے مقابلہ میں حقیقت سے کس قدر زیادہ قریب ہوتی ہے۔

مجھے گھر آئے ہوئے کوئی پندرہ دن ہوئے ہوں گے، گھر والے اب تک خوشیاں مناتے تھے، منتیں پوری کی جارہی تھیں، خیراتوں کا سلسلہ جاری تھا۔ دور دور سے میرے چاہنے والے مجھے دیکھنے آرہے تھے اور میں ایک عجوبہ روزگار بنا بیٹھا تھا، ایک روز شام کے وقت میں نے دیکھا کہ وہی سادھو اسی لباس میں اور اسی آن بان کے ساتھ چلا آرہا ہے۔ گزشتہ خوفناک واقعات جن کو میں بھولنے کی کوشش کر رہا تھا ایک ایک کرکے دفعتاً میرے سامنے ہوگئے اور میرے بدن میں شعلے بھڑکنے لگے۔ سادھو کے ہونٹوں پر وہی مسکراہٹ تھی۔

میں نے ارادہ کرلیا کہ اب کی اس "آدم ابلیس" کی پوری خبر لوں گا۔ لیکن آپ سوچیے میں کیا اور میرا ارادہ کیا، سادھو قریب آیا تو اس کی مسکراہٹ اور اس کی نگاہوں نے پھر میرے اندر ایک سکون کی کیفیت پیدا کردی اور میرا غصہ بہت بڑی حد تک خودبخود ٹھنڈا ہوگیا۔ میں نے اس کی طرف سے آنکھیں پھیر لیں۔ سادھو نے کہا "میں اب تک اس لیے نہیں آیا کہ تم اچھی طرح آرام کرلو تب آؤں۔ میں تم کو دیکھنے اور تم سے ایک نہایت ضروری بات کہنے آیا ہوں۔"

میں نے بات کاٹ کر کہا "بس خیریت اسی میں ہے کہ تم میرے سامنے سے فوراً چلے جاؤ، میں نے تمہاری ضروری بات بہت سنی۔"

سادھو نے بے پروائی کے ساتھ جواب دیا "بچہ! خیریت تو ہر حال میں ہے اور میں تم کو وہ بات سنا کر جاؤں گا، تم نہ سنوگے تو در و دیوار کو سنا جاؤں گا۔" یہ کچھ اس لہجہ میں کہا گیا کہ میں پھر بے قابو ہوگیا اور پتھر کی مورت کی طرح سادھو کی بات کا انتظار کرنے لگا۔ سادھو نے مشکل سے اتنا کہا کہ "پریما کا قاتل میں ہوں" کہ میں پھر پیچ و تاب کھانے لگا۔ میں نے کہا "بدمعاش! میں تو جانتا تھا کہ تو ہی قاتل ہے۔ ٹھہر میں ابھی تجھ کو گرفتار کراتا

ہوں۔" یہ کہہ کر میں نے چاہا کہ کسی کو آواز دوں مگر سادھو نے یہ کہہ کر میری زبان بند کر دی "بیکار بے عقلی کی باتیں نہ کرو، مجھے قاتل کوئی نہیں کہے گا اور تم کو لوگ پھر پاگل سمجھنے لگیں گے۔" اس کے بعد اس نے جو سرگزشت بیان کی وہ یہ ہے:

"میں قوم کا چھتری ہوں۔ میرا نام ہرنام سنگھ ہے۔ میں اُسی گاؤں کا رہنے والا ہوں جہاں پریما رہتی تھی۔ پریما کی ماں میری بیوی تھی، میں شادی سے پہلے بھی اس کی محبت کرتا تھا۔ اسی محبت کی بنا پر میں نے اس سے شادی بھی کی۔ اس کے لیے گھر بار چھوڑا، اپنے پرائے ہوئے، پربھا کے سوا میرا کوئی نہ تھا۔ پربھا بھی مجھے جی جان سے چاہتی تھی۔ آہ! اب یہاں مجھے کوئی نہیں جانتا۔ کوئی نہیں جانتا، کوئی نہیں پہچانتا کہ میں وہی ہرنام سنگھ ہوں۔ ہاں تو عرصہ تک ہماری محبت دن دونی رات چوگنی ہوتی گئی۔ میں ساری دنیا کو پربھا میں بھولا ہوا تھا۔ لیکن آخر کار وہ دن بھی آگیا جب کہ میں نے محسوس کیا کہ پربھا میری طرف سے بے نیاز ہوتی جارہی ہے۔ یہ بے نیازی روز بروز بڑھتی گئی۔ میں اپنی داستان کو طوالت نہ دوں گا۔ مجھے بہت جلد معلوم ہو گیا کہ ہمارے گاؤں کے زمیندار ٹھاکر سنگھ کو پربھا سے تعلق ہے۔ پہلے تو میں نے اس کو غلط سمجھنا چاہا لیکن واقعہ واقعہ رہا۔ میرا خون کھولنے لگا، میں پربھا کو مار ڈالنے کی فکر میں تھا، پربھا کو شبہ ہو گیا، اس نے ٹھاکر سنگھ کو آگاہ کر دیا۔ ٹھاکر سنگھ نے اب اس کو کھلم کھلا اپنے مکان میں رکھ لیا۔ میں نے قانون سے مدد مانگی مگر عدالت اس کے لیے ہے جس کو عدالت کی ضرورت نہیں۔ قانون اسی کی مدد کرتا ہے جو قانون کی خلاف ورزی کرتا ہے۔ ٹھاکر سنگھ ایک بارسوخ زمیندار اور بڑا روپے والا تھا۔ میں ایک مفلس و نادار کاشتکار، میری سنوائی نہیں ہوئی۔ پربھا ٹھاکر سنگھ کے گھر رہی۔ میں اس صدمہ کی تاب نہ لا سکا اور اپنا منھ کالا کر کے پردیس نکل گیا۔"

یہ اب سے پچیس چھبیس برس کا واقعہ ہے۔ میں نے دنیا تج دی اور سادھو ہو کر

سادھوؤں کے ساتھ رہنے سہنے لگا۔ انھیں سادھوؤں کے ساتھ میں ان کمالات کا ماہر ہوا جن کا مشاہدہ تھوڑا بہت تم کر چکے ہو۔ میں لوگوں کے دل کی باتیں جان سکتا ہوں، دوسروں کو ان کے ارادہ سے باز رکھ سکتا ہوں اور سب سے بڑا کمال وہ ہے جس نے اس معاملہ میں میری مدد کی۔ یعنی میں دوسرے کے قالب میں داخل ہو سکتا ہوں۔ بشر طیکہ وہ مجھ پر بھروسہ کرکے اپنے کو سپرد کر دے۔ اب میں نے قسم کھائی کہ میں پربھا اور ٹھاکر سنگھ سے انتقام لوں گا اور اس کے لیے جتنے کمالات اس درمیان میں حاصل کیے ہیں سب کام میں لاؤں گا۔ میں اس نیت سے پھر یہاں آیا مگر مجھے معلوم ہوا کہ پربھا اور ٹھاکر سنگھ دونوں مرچکے ہیں اور ٹھاکر سنگھ سے پربھا کی ایک لڑکی ہے جس کو ٹھاکر سنگھ کے گھر والوں نے نکال باہر کیا ہے اور اس کی شادی ہو چکی ہے۔ میں نے اس لڑکی کو دیکھا اور مجھے معلوم ہو گیا کہ ماں کی طرح اس میں بھی بے وفائی ہے۔ میں نے قسم کھائی کہ اپنا بدلہ اس لڑکی سے لوں گا۔ یہ تمھاری پریما تھی۔ سال بھر تک مجھے کوئی ایسا نہ ملا جس کو میں اپنا آلہ بناتا۔ آخر کار مجھے موزوں ترین شخص ملا۔ یعنی تم۔ میں نے اپنا قالب تم کو دیا اور تمہارا قالب خود لے کر اس کو قتل کر آیا۔ اس کے شوہر نے مجھے پکڑ لیا تھا مگر میں بھاگ نکلا۔ میں نے سات دن بعد اس کو اس لیے قتل کیا کہ تم اتنے دنوں تک اس کے ساتھ لطف اندوز ہو لو، قتل کے ساتھ تمہارا ہوش میں آجانا یقینی تھا۔"

"میں بیچ میں نہ ٹوکو، میں خود تمہارے ہر سوال کا جواب دے دوں گا۔ یہ دنیا ہی جھوٹ سے آباد ہے۔ یہ کچھ تمہارا پریم نگر تو ہے نہیں، پھر اگر میں نے جھوٹ سے ایک فساد برپا کیا تو کیا؟ مجھے معلوم ہے کہ تم پریما کو چاہتے ہو مگر بچہ اُس سے اس دنیا میں ملنا ٹھیک نہ تھا، وہ یہاں ایک مٹی ہوئی محبت کی یادگار تھی، اس سے پریم نگر ہی میں ملنا تمہارے حق میں زیادہ اچھا ہے۔"

"میں اپنا وعدہ پورا کرنے یہاں آیا ہوں۔ کہو تو ہمیشہ کے لیے تم کو تمہاری پریما سے ملا دوں۔ لیکن تمہارے گھر والوں اور خود تمہارے لیے بہتر یہ سمجھتا ہوں کہ تم ہر مہینے ایک ہفتہ کے لیے اس سے ملا کرو۔ آئندہ سے ایسا ہی ہوگا، پریم نگر اور اس دنیا کا برابر مقابلہ کرتے رہو گے تو اس سے کم از کم یہ فائدہ ہوگا کہ اس دنیا میں اس کی آلائشوں اور برائیوں سے بہت کچھ بچتے رہو گے۔ اب مجھے تم سے کچھ زیادہ نہیں کہنا ہے۔ میں جاتا ہوں۔ اب مجھے اپنی ذات سے انتقام لینا ہے۔" سادھو بغیر مجھ سے رخصت ہوئے اُٹھ کھڑا ہوا اور چل دیا، میں سکتے کے عالم میں دیر تک اس کو دیکھتا رہا۔

صبح کے وقت ایک شور تھا کہ ہرنام سنگھ نامی جوان جو برسوں سے غائب تھا آج اس کی لاش سادھو کی کٹی کے سامنے ملی ہے، موت خنجر کے ایک زخم سے واقع ہوئی تھی جو عین اسی جگہ تھا جہاں اُس دن پریما کے دیکھا گیا تھا۔ اس کے ساتھ ساتھ یہ بھی افواہ تھی کہ سادھو کا کہیں پتہ نہیں ہے۔ لوگوں کو سادھو پر طرح طرح کے شبہے تھے۔ میں بھی ندی کے کنارے پہنچا تو دیکھا کہ نہ وہ سادھو ہے نہ سادھو کا جلال۔ ایک نہایت معمولی داڑھی منڈا شخص زمین پر مردہ پڑا تھا اور لوگوں کا ایک طوفان برپا تھا۔ بعضوں نے مجھ سے سادھو کے متعلق سوالات کرنا شروع کیا، میں وہاں سے گھبرا کر بھاگ نکلا۔

سادھو مجھے جو برکت دے گیا تھا وہ اب بھی میرے پاس ہے۔ میں ہر مہینہ ایک ہفتہ کے لیے پریم نگر چلا جاتا ہوں اور وہاں پریما کے ساتھ اسی طرح بلاؤں سے محفوظ زندگی بسر کرتا ہوں۔ اب پریم نگر کا مطلع کبھی غبار آلود نہیں ہوتا۔ اب وہاں آندھیاں نہیں آتیں۔ میں چاہتا ہوں کہ ہمیشہ کے لیے پریم نگر اور پریما کا ہو جاؤں مگر شاید میرے حق میں بقول اُس سادھو کے وہاں مہینہ میں ایک ہی ہفتہ رہنا بہتر ہے۔

لوگ کہتے ہیں کہ ہر مہینہ ایک ہفتہ کے لیے مجھ پر خواب کا دورہ پڑا کرتا ہے اور میں

چوبیس گھنٹہ بے حس و حرکت پڑا سویا کرتا ہوں۔ ڈاکٹروں نے اس کو ایک قسم کی بیماری بتایا ہے۔ پہلے تو انھوں نے اس بیماری کا نام بہت بڑا اور بھیانک بتایا تھا، شاید "ٹرئی پینوسومائسس" (TRY PANOSOMUASIS) یا اسی طرح کا کوئی نام تھا۔ وہ کہتے تھے کہ یہ مرض ایک قسم کے جراثیم سے پیدا ہوتا ہے جو دماغ میں گھس جاتے ہیں۔ یہ مرض مہلک ہوتا ہے۔

اب جب کہ دو سال سے یہ مرض بدستور قائم ہے اور میں مرا نہیں تو انھوں نے اپنی رائے بدل دی اور اب "نعاس"(SOMNULEUCE) یعنی معمولی خواب کی بیماری تشخیص کی۔ میں خود اس کو ایک "مقدس راز" سمجھتا ہوں اور اس سے زیادہ کہنا نہیں چاہتا:

"زہے مراتبِ خوابے کہ بہ ز بیداری ست"

***

۲

محبت کا دم واپسیں

مریم کی تعلیم و تربیت ہی کچھ ایسے ماحول میں اور ایسے اصول پر ہوئی تھی، جو انسان کو بھولا بنا کر رکھ دیتے ہیں وہ ضلع بارہ بنکی کے ایک خاندانی زمیندار کی لڑکی تھی جو نہ صرف دولت و ثروت میں صاحب حیثیت تھا بلکہ علم و فضیلت میں بھی ایک خاص مرتبہ کا مالک تھا۔ قاضی عبد الرؤف کے گھر کا ایک ایک شخص قدیم و جدید تعلیم سے بہرہ ور تھا جو شخص ان کے وہاں سب سے کم پڑھا لکھا تھا وہ ان کا بھتیجا نعیم تھا۔ لیکن وہ بھی انٹرنس کا درجہ حاصل کیے ہوئے تھا اور کچھ عربی فارسی میں بھی شد و بد رکھتا تھا۔ عبد الرؤف اس گھرانے کے پہلے شخص تھے جنھوں نے ملازمت اختیار کی ورنہ ان کے علاوہ کسی نے اس طرف توجہ نہیں کی۔ سب اپنی آبائی زمینداری سے اپنا پیٹ پالتے رہے اور ہمیشہ فراغت سے رہے۔

عبد الرؤف بی۔ اے کرنے کے بعد ڈپٹی کلکٹری کے عہدہ پر مامور ہوئے اور اپنی کوششوں سے ملازمت کی۔ تمام مدت بستی، سیتاپور، لکھنؤ اور بارہ بنکی میں گزاری۔ یہ وہ زمانہ تھا جب کہ واقعی بی۔ اے سے سرخاب کے پر لگ جاتے تھے اور ڈپٹی اپنے وقت کا فرعون ہوتا تھا۔ لیکن عبد الرؤف کو اس کلیہ سے مستثنیٰ کر دیجیے ان میں ان بے عنوانیوں کا کوسوں تک پتہ نہیں تھا جن کو اقتدار و حکومت کے لازمی علامات سمجھا جاتا

ہے۔ انہوں نے آج تک کسی پر جبر و تشدد نہیں کیا۔ خود غرضی اور زبردستی ان کی لغت میں بے معنی الفاظ تھے۔ یہ واقعہ کسی سے پوشیدہ نہیں ہے کہ انہوں نے عمر بھر کسی سے کوئی ایسا تحفہ نہیں قبول کیا جو کسی طرح بھی رشوت کی ذیل میں آسکتا ہو۔ ان کی عدالت حقیقی معنوں میں عدالت تھی۔ جہاں ہر بات کا فیصلہ اصول انصاف پر مبنی ہوتا۔ وہ بڑے سے بڑے اور الجھے سے الجھے مقدمہ کو کاوش اور محنت کے ساتھ سمجھتے اور پھر دودھ کا دودھ پانی کا پانی کر کے رکھ دیتے۔ افسروں اور حریفوں میں ان کی بڑی وقعت تھی اگرچہ ان میں سے اکثر دل ہی دل میں ان سے جلتے تھے۔

عبدالرؤف کے گھر کی عورتیں بھی اپنے طبقہ کی دوسری عورتوں سے ممتاز اور فائق تھیں۔ کوئی ایسی نہ تھی جو تھوڑی بہت اردو فارسی نہ جانتی ہو۔ مریم چونکہ عبدالرؤف کی اکلوتی لڑکی تھی اس لیے باپ نے اس کو جہاں تک اردو فارسی پڑھا سکتے تھے پڑھایا اور گھر پر کچھ انگریزی بھی پڑھوادی۔ اس تعلیم نے مریم کی طبیعت میں جو فطرتاً کچھ کم غائر اور سنجیدہ نہیں تھی اور بھی تمکنت اور توازن پیدا کر دیا۔

جس خاندان میں مریم کی اٹھان ہوئی تھی وہ ان خاندانوں میں سے تھا جو صرف اپنی تہذیب و تکمیل میں مشغول رہتے ہیں اور دنیا کے اچھے برے سے کوئی سروکار نہیں رکھتے۔ اس کے گھر کی ماما دائی کو بھی کسی نے آج تک دوسروں پر رائے زنی کرتے نہیں سنا۔ محلہ ٹولہ یا برادری میں اگر کوئی ناشائستہ اور غیر مہذب واقعہ ہو جاتا تو گھر میں مریم کسی کی زبان سے اس سے زیادہ نہ سنتی کہ "بڑے افسوس کی بات ہے اس کی کسی کو توقع نہیں تھی"۔ اس تربیت کا نتیجہ یہ تھا کہ دنیا کی بہتری لڑکیوں کے برعکس مریم معصومیت، اور سادہ لوحی، انسانیت اور خداترسی، عفو اور خطاپوشی، ضبط اور خودداری کا مجسمہ ہو کر رہ گئی، اس نے نہ کبھی کسی کو برا سمجھا اور نہ برا کہا۔ مشہور تھا کہ جیسی پاک

دلاور بے لوث خود ہے ویسی ہی دنیا کو سمجھتی ہے۔ مسلمان کی ایک امتیازی خصوصیت یہ بھی بتائی گئی ہے کہ وہ ہر شخص کے ساتھ حسن ظن رکھتا ہے۔ اس حیثیت سے مریم فطرتاً مسلمان تھی وہ کبھی کسی سے جلد بدگمان نہیں ہوتی تھی۔

مریم کی شادی ارشاد علی سے ہوئی۔ عبدالرؤف کو ہمیشہ یہ فکر رہی کہ ان کی لڑکی ایسے گھر بیاہی جائے جہاں اس "سکوتِ مریم" کی قدر کی جائے اور اس سے غلط اور ناجائز فائدہ نہ اٹھایا جائے۔ اور اس سے انکار نہیں کہ باپ نے بیٹی کے لیے گھر خوب تلاش کیا۔ ارشاد علی کے خاندان سے وہ اچھی طرح واقف تھے جو ضلع بستی کے مشہور خاندانوں میں سے تھا۔ وہ اس خاندان کو اپنے خاندان کا پہلا شخص تھا جس نے کیننگ کالج لکھنؤ سے ایم، ایس، سی کیا ورنہ برادری میں اب تک کوئی مڈل سے آگے نہیں بڑھا تھا۔ لیکن قدیم نصاب تعلیم کی رو سے ان کے گھر کا ہر شخص عالم فاضل کہے جانے کا مستحق تھا۔ عورتوں میں بھی کوئی ایسی نہ تھی جو اچھی طرح پڑھی لکھی نہ ہو۔

ارشاد علی اور ان کے کنبہ اور برادری والے بڑے دولت مند لوگوں میں تھے۔ ان کے مورث اعلیٰ کو شاہ جہاں کے وقت میں بیس موضعے معافی ملے تھے اس کے بعد اس میں برابر اضافے ہوتے رہے۔ یہاں تک کہ آج خاندان کے ہر فرد کے پاس فراغت اور آسائش کے سامان مہیا تھے۔ ان میں سے سب سے زیادہ جائداد اور دولت ارشاد علی کی ایک دور کی رشتہ کی بہن کے پاس تھی جس کا اصل نام تو غیر معروف رہ گیا لیکن جو اپنوں میں "نور النہار" کے نام سے پکاری جاتی تھی اور غیروں میں "شہزادی"۔ یہ دونوں نام اس کے باپ نے اس کو دئے۔

"نورالنہار" کی عمر مشکل سے تیس برس کی تھی مگر اسی عمر میں تلے اوپر ساتوں آسمان اس پر ٹوٹ پڑے تھے۔ باپ نے بڑے ارمان کے ساتھ اس کو اپنے ایک رشتہ دار

کے لڑکے کے ساتھ بیاہا تھا۔ شادی کے کوئی چھ ہی مہینے بعد شوہر میں سل کے آثار نمودار ہوئے اور نورالنہار کا سہاگ مشکل سے ڈیڑھ سال قائم رہا۔ تقریباً سال بھر بیمار رہ کر شوہر مر گیا اور نورالنہار گھونگٹ الٹنے سے پہلے ہی بیوہ ہوگئی۔ ماں باپ کا خیال تھا کہ سال آدھ سال بعد بیٹی کی پھر شادی کر دیں گے لیکن اسی درمیان میں گاؤں میں طاعون پھیلا اور باپ کو اس کی بھینٹ چڑھنا پڑا۔ اس کے دو سال بعد ماں فالج کے عارضہ میں مبتلا ہوئی اور جانبر نہ ہو سکی۔ باپ کے مرتے ہی نورالنہار نے عہد کر لیا کہ دوسری شادی نہیں کرے گی۔ پھر عزیزوں اور خیر خواہوں نے کتنا زور لگایا مگر وہ اپنے عہد پر قائم رہی۔ چنانچہ آج وہ تقریباً پندرہ برس سے بیوگی میں گزار رہی تھی اور صرف اپنی بوڑھی خالہ کے ساتھ نور محل میں رہتی تھی جس کو اس کے باپ نے خاص اسی کے لیے تعمیر کرایا تھا اور جو اس کو جہیز میں دیا گیا تھا۔

"نورالنہار" سوا ارشاد کے اور کسی سے زیادہ ملتی ملاتی نہ تھی اور نہ وہ ان ہنگاموں میں شریک ہوتی تھی جو طرح طرح کی تقریبوں کے نام سے آئے دن دوسرے گھروں میں ہوا کرتے تھے۔ ارشاد سے اس کو بچپن سے انس تھا۔ دونوں ساتھ کے کھیلے ہوئے تھے اور ایک دوسرے کے مزاج شناس تھے۔ نورالنہار عمر میں ارشاد سے تین سال بڑی تھی لیکن وہ ایک دوسرے کے ساتھ جس طرح کھل کر ملتے تھے اور جس طرح ایک دوسرے کو مخاطب کرتے تھے اس سے کہیں سے یہ پتہ نہیں چلتا تھا کہ دونوں کی عمر میں کوئی فرق ہے۔ ارشاد اور نورالنہار کا یہ باہمی انس کسی سے پوشیدہ نہ تھا اور بعض کا تو یہ خیال ہے کہ اگر نورالنہار ارشاد سے عمر میں اس قدر بڑی نہ ہوتی تو وہ ارشاد ہی کے ساتھ بیاہی جاتی۔ بہر حال اب جب کہ نورالنہار کی شادی ارشاد سے نہیں ہوئی دونوں اپنے دیرینہ انس کو بڑے سلیقہ کے ساتھ نباہ رہے تھے کسی نے کبھی اس کو قابل اعتراض نہیں

سمجھا۔

جس زمانہ میں ارشاد لکھنؤ میں پڑھنے گیا عبد الرؤف وہیں مامور تھے۔ اس طرح ان کو ارشاد کے مزاج و طبیعت کا مطالعہ کرنے کا اور بھی موقع مل گیا۔ جتنا ہی زیادہ وہ ارشاد سے واقف ہوتے گئے اتنا ہی زیادہ وہ اس سے گرویدہ بھی ہوتے گئے۔ نتیجہ یہ ہوا کہ جس سال ارشاد نے ایم-ایس-سی کے پہلے سال میں قدم رکھا اسی سال عبد الرؤف نے تمام مراحل طے کر کے مریم کی شادی اس کے ساتھ کر دی۔ اس کا البتہ عبد الرؤف اور ارشاد کے باپ دونوں نے خیال رکھا کہ جب تک ارشاد ایم-ایس-سی پاس نہ کر لے اس وقت تک مریم رخصت نہ کی جائے۔

ارشاد نے ایم-ایس-سی دھوم کے ساتھ پاس کیا۔ ایک طرف باپ کی باچھیں کھلی ہوئی تھیں دوسری طرف عبد الرؤف جامہ میں پھولے نہ سماتے تھے۔ دونوں کی خواہش تھی کہ ارشاد کو کوئی بڑا عہدہ دلوا دیا جائے۔ لیکن ارشاد نے یہ کہہ کر سارا قصہ ہی ختم کر دیا "میں نے جو کچھ حاصل کیا ہے اپنے اطمینانِ قلب کے لیے حاصل کیا ہے، دوسروں کی غلامی کے لیے نہیں۔ مجھے دال روٹی جو کچھ میسر ہو سکے گا اپنے گھر پر آزادی کے سانس لے کر کھاؤں گا۔"

عبد الرؤف داماد کے اس خیال سے دل ہی دل میں خوش ہوئے۔ لیکن باپ کو بیٹے کی طرف سے کچھ مایوسی ہوئی۔ اگرچہ اس نے اپنے چہرہ سے کچھ ظاہر نہیں کیا۔ اس خیال سے کہیں ارشاد کو ملال نہ ہو۔

اب ارشاد نے گھر بیٹھ کر آزادی و فراغت کے ساتھ اپنی جائداد کی دیکھ بھال شروع کی اور مختلف نئے کاروبار بھی شروع کر دیے جن میں روز بروز اس کو فروغ ہونے لگا۔ عوام کا خیال تھا کہ ارشاد مٹی کو بھی چھو دے تو سونا ہو جائے۔

مریم رخصت ہو کر سسرال آئی اور منتظر آنکھوں نے دیکھ لیا کہ گھر میں ایک جیتی جاگتی پچھمی اتر آئی ہے۔ ارشاد کا اپنے دوستوں سے بیان ہے کہ جب پہلے پہل اس نے مریم کی صورت دیکھی تو اس کو یونان کی سائکی یاد آگئی اور بے ساختہ اس سے یہ مصرعہ موزوں ہو گیا:

"یہ حقیقت ہے کوئی یا عالم تصویر ہے"

اور پھر اس کے بعد اس نے بہت چاہا کہ دوسرا مصرعہ بھی موزوں کرے لیکن ناکامیاب رہا۔ ارشاد کے گھر والوں کو بہت جلد معلوم ہو گیا کہ ان کی بہو نہ صرف پری تمثال ہے بلکہ عادات و خصائل میں فرشتوں کی طرح معصوم بھی ہے۔ اس کے بھولے پن، اس کے خلوص و ایثار، اس کی میٹھی زبان اور اس کی معصوم سنجیدگی کا تھوڑے دنوں میں ہر شخص گرویدہ ہو گیا۔ اس سے سب سے زیادہ اطمینان ارشاد کو تھا۔ وہ یہ دیکھ کر اپنی قسمت پر ناز کرنے لگتا تھا کہ اس کے ماں باپ بھائی بہن سب یکساں مریم کے دلدادہ ہیں اور مریم نے ان کو نہ صرف راضی رکھا ہے بلکہ ان کو ہر طرح موہ لیا ہے۔ اس کو اس خیال سے بڑی خوشی تھی کہ اس کے گھر میں کبھی وہ بے کیفی نہیں پیدا ہو گی جو اکثر ناہل کے بعد رونما ہوتی رہتی ہے۔

مریم حسن و عشق کے تصور سے ناآشنا نہیں تھی۔ یہ بتایا جا چکا ہے کہ اس کو نہایت بلند حوصلگی کے ساتھ وسیع پیمانہ پر تعلیم دلائی گئی تھی اور اس کو خود بھی کتب بینی کا ذوق تھا۔ جس موضوع پر کتاب مل جاتی اس کو بغیر ختم کیے ہوئے اس کی طبیعت نہیں مانتی تھی اور قصص و اساطیر اور دواوین میں تو شاید ہی کوئی کتاب ایسی ہو جو اس کی نظر سے نہ گزری ہو۔ اور جس سے اس کے ذہن میں کچھ نقوش باقی نہ رہ گئے ہوں پھر وہ حُسن و عشق کے مفہوم سے بے خبر کیسے رہ سکتی تھی۔ خاص کر جب کہ وہ خود نہایت نکتہ سنج تخیل اور دور

رس فکر کی مالک تھی۔ لیکن اس کو ان باتوں کا کوئی ذاتی تجربہ نہیں تھا۔ خود اس نے جس کی صورت کو سب سے پہلے حسین و جمیل جانا وہ ارشاد تھا۔ اور خود اس کے دل میں جس کے عشق نے ذوق اور ولولہ پیدا کیا وہ اس کا اپنا شوہر تھا۔

مریم نے سسرال میں آکر آنکھیں کھولیں تو اپنے کو ارشاد کا مبتلا پایا۔ اور اس کے دل نے یہ سمجھا کہ حسن و عشق کی دنیا بڑے اطمینان اور آسودگی کی دنیا ہے۔ وہ صبح سے شام تک ارشاد کے ساتھ رہتی تھی اور اس کی صحبت کی لطافتوں سے کیف اندوز ہوتی رہتی مگر اس کو سیری نہیں ہوتی تھی۔ چنانچہ جب ارشاد روزانہ شام کو تین چار گھنٹہ کے لیے غائب رہتا تو مریم اس کے انتظار میں گھڑیاں گنتی رہتی۔ کبھی کبھی وہ ارشاد سے اس بات کا دبی زبان سے اظہار بھی کر دیتی تھی کہ جب وہ باہر نکل جاتا ہے تو وہ گھبرایا کرتی ہے۔ ارشاد بڑے پیار کے ساتھ جواب دے دیا کرتا کہ چوبیں گھنٹے میں دو چار ہی گھنٹے کے لیے تو وہ اس کو چھوڑ کر جاتا ہے۔ مریم پھر خود شرمندہ ہو کر چپ ہو جاتی۔ اس لیے ارشاد کی بات اس کو نہایت معقول معلوم ہوتی تھی۔

ارشاد روزانہ اپنی شام کی سیر کی مختصر روداد مریم سے بیان کر دیتا تھا اور اس میں نورالنہار کا ذکر ضرور آتا۔ ارشاد اِدھر ادھر گھومتا پھرتا ہوا ایک مرتبہ نورالنہار کے پاس بھی ہو آتا تھا مریم کے دل میں اب تک کوئی خلش پیدا نہیں ہوئی تھی، اگرچہ اس کو حیرت ضرور تھی کہ اس کو سسرال آئے ہوئے تقریباً سال بھر ہو گیا تھا اور اب تک اس نے نورالنہار کو نہیں دیکھا تھا۔ حالانکہ آنے کے دو ہی چار دن بعد سے وہ اس کا نام ہر شخص کی زبان سے سن رہی تھی۔ نورالنہار کو دیکھنے کا شوق اس کو بہت تھا۔ نورالنہار اس کی سسرال کی رشتہ دار تھی اور ارشاد کے ساتھ ایسے مخلصانہ مراسم رکھتی تھی پھر کیا وجہ کہ مریم نے سب کو دیکھا اور سب سے ملی لیکن نورالنہار اس کے لیے ایک خیالی ہستی رہی۔

اس کو کبھی کبھی تو یہ شبہ ہونے لگتا تھا کہ واقعی نورالنہار ہے بھی کوئی یا محض الف لیلیٰ کا ایک قصہ ہے۔ اس نے کئی دفعہ ارشاد سے کہا کہ وہ نورالنہار سے ملنے کی مشتاق ہے۔ مگر ارشاد بھی روز "اچھا۔ اچھا" کہہ کر ٹالتا رہا۔ مریم کو معلوم تھا کہ نورالنہار کہیں آتی جاتی نہیں۔ اس نے سمجھا کہ ممکن ہے وہ اس سے بھی نہ ملنا چاہتی ہو، اور اس کا شوہر اسی لیے ٹال رہا ہو۔ لیکن اس کے دل میں شوہر کی طرف سے کوئی بدگمانی نہیں تھی۔ وہ ارشاد اور نورالنہار کے مراسم کو دیرینہ ہمدمی کی یادگار سمجھے ہوئے تھی۔ جو ایک طرح کی وضعداری ہو کر رہ گئی تھی۔ اور مریم اس کو کوئی بازپرس کے قابل بات نہیں سمجھتی تھی۔

لیکن ایک روز شام کو اس کو ایک تحریر ملی جس کا سوادِ خط نامانوس تھا اور جس کو پڑھ کر تھوڑی دیر کے لیے اس کی آنکھوں کے سامنے اندھیرا چھا گیا۔ اور جب اس کو ہوش آیا تو اس کا جی سنناورہا تھا۔ خط یہ تھا:

"معصوم مریم! میری اِس جسارت اور اس بے تکلفی کو معاف کرنا۔ میں تمہارا رشتہ دار ہوں اور رشتہ اور عمر دونوں لحاظ سے تم سے بڑا ہوں۔ مجھے معلوم ہے کہ تم لوگوں کو یہ جاننے میں دیر نہیں لگے گی کہ میں کون ہوں۔ اور میں جو اپنا نام چھپا رہا ہوں تو وہ صرف ایک رسمی سی بات ہے ورنہ میں گم نام رہنا چاہتا اور نہ میں اپنی اس کوشش میں کامیاب ہو سکتا ارشاد بے تامل بتا دیں گے کہ میں کون ہوں۔ اس تحریر کے دو مقصد ہیں۔ ایک تو میں تمہاری آنکھوں سے پردے ہٹانا چاہتا ہوں۔ تم بھولی بھائی ننھی نادان لڑکی ہو اور کسی کو برا سمجھنے اور کسی بات میں بُرا پہلو دیکھنے کی قابلیت تم میں نہیں ہے۔ یہ ادا بجائے خود کتنی ہی دلکش کیوں نہ ہو لیکن دنیا کی زندگی میں اس سے طرح طرح کے نقصانات واقع ہوتے ہیں۔ مجھے اس کا افسوس ہے کہ میں تم کو ان خرابیوں سے واقف کر رہا ہوں جن

سے اگر انسان بے خبر رہتا تو شاید اپنی فردوس کبھی نہ کھوتا۔ لیکن کیا کیا جائے تم کو ان میں ماہر ہونا ہے۔ دوسرے مجھ کو ارشاد کو سزا دینا ہے۔ ارشاد کی روش کو میں نہ صرف معیوب سمجھتا ہوں بلکہ میری خیال میں وہ سراسر مصلحت کوشی اور مطلب پرستی پر مبنی ہے۔ تم شاید کچھ کچھ میرا مطلب سمے ھش لگی ہو۔ یہ بات تو شاید تم سے بھی پوشیدہ ہو کہ نورالنہار سے ان کو بچپن سے تعلق خاطر ہے، اور یہ تعلقِ خاطر یقیناً وہی ہے جس کو عوام کی اصطلاح میں عشق کہتے ہیں۔ اگر کسی نے تم کو کچھ اور سمجھار کھا ہے تو وہ تم کو صریح دھوکا دے رہا ہے۔ نورالنہار کا سودا ارشاد کے سر میں اتنا نہیں ہے جتنا کہ ارشاد کا سودا نورالنہار کے سر میں ہے۔ اگرچہ اپنے حرکات و سکنات سے ارشاد ہمیشہ یہی ظاہر کرتے رہے کہ وہ نورالنہار کو حاصل دوجہاں سمجھتے ہیں۔ ارشاد جیسا پکا دنیادار اس خلوص و انہماک کی اہلیت نہیں رکھ سکتا ورنہ آج ارشاد ٹھنڈے کلیجے سے یہ گوارا نہ کرلیتے کہ نورالنہار کو دوسرا شخص بیاہ کرلے جائے۔ مصلحتوں نے اس وقت بھی ان کو دبایا، کہ نورالنہار سے دست بردار ہو جائیں۔ اور اب بھی جب کہ نورالنہار پھر ان کی ہوسکتی تھی وہ دور تک سوچ سمجھ کر ہی چپ ہیں اور نورالنہار کو اس کی اندوہناکیوں میں مبتلا چھوڑے ہوئے ہیں۔ جس وقت نورالنہار بیوہ ہوئی ہے اس وقت ایک مرتبہ پھر ارشاد نے اس کی کوشش کی تھی کہ ان کی شادی اس سے کر دی جائے لیکن ان کی چلنے نہ پائی۔ ایک تو ماں باپ یونہی اس کو کب گوارا کرسکتے تھے کہ ان کے منتوں کے پالے ہوئے بیٹے کی شادی ایک بیوہ سے ہو۔ دوسرے نورالنہار کو لوگ منحوس سمجھنے لگے ہیں۔ عورتوں میں تو اکثر اس کو ڈائن کہتی ہیں جس نے شوہر، باپ، ماں سب کو ایک ایک کرکے کھالیا۔ مختصر یہ کہ ارشاد کے ماں باپ اور کنبہ والوں نے اس شادی کی اجازت نہیں دی اور پھر ارشاد نے کوئی قابل قدر کوشش بھی اس معاملہ میں نہیں کی۔ اسی غم میں نورالنہار نے یہ عہد کرلیا

کہ وہ شادی نہیں کرے گی۔ وہ بچاری ارشاد پر بری طرح مٹی ہوئی ہے لیکن ارشاد کی جو بات مجھے سب سے زیادہ ناگوار ہے وہ یہ کہ جب ان کے اندر عشق کا یارا نہیں ہے تو وہ یہ دورنگی زندگی کیوں اختیار کیے ہوئے ہیں۔ ایک طرف تو وہ مریم جیسی پری بیاہ لائے اور اپنا گھر بسالیا۔ دوسری طرف وہ نورالنہار کو بھی ہاتھ سے جانے دینا نہیں چاہتے، بلکہ میں یہ کہوں گا در پردہ وہ اس کو بہکا رہے ہیں کہ وہ دوسری شادی نہ کرے اگرچہ مجھے یقین ہے کہ ارشاد جیسا ہوشمند آدمی کبھی اپنی زبان سے یہ کہتا نہ ہو گا۔ وہ روز شام کو تین چار گھنٹے نورالنہار کی صحبت میں صرف کرتے ہیں اور شاذونادر ہی کسی اور سے ملنے جاتے ہیں۔ میری اس تحریر کی طرح طرح سے تاویلیں کر کے لوگ مجھ کو جھٹلانے کی کوشش کریں گے، مگر میں اس سے زیادہ کہنا نہیں چاہتا تھا جو کہہ چکا۔"

"بر رسولاں بلاغ باشد و بس"

تمہارا ایک خیر اندیش

مریم کے اوپر سے جب سکتہ کی کیفیت دور ہوئی تو اس کے ہیجان کا عجیب عالم تھا۔ وہ اس خط کو سر تا سر افترا سمجھنا چاہتی تھی۔ لیکن خط کے لب و لہجہ کی بیباکی اور بے تکلیف راست بازاری اور صداقت کی دلیل معلوم ہوتی تھی۔ اور جب وہ خیال کرتی کہ اس کا شوہر جس کو وہ مجسم خلوص و محبت تصور کرنے کی خوگر تھی ایسے فریب و دغا کی بھی قابلیت رکھتا ہے تو مارے رنج و غصہ کے اس کا بدن کانپنے لگا تھا۔ وہ ان عورتوں میں سے تھی جن کے غصہ کو بھڑکانا آسان نہیں۔ لیکن جب ایک بار بھڑکا دیا جائے تو پھر وہ اپنے رنج یا غصہ کو چھپا نہیں سکتیں خاص کر جب کہ ان کو اپنی فوقیت کا بھی احساس ہو۔

وہ اسی انتشار و اضطراب کے عالم میں اپنے کمرہ میں ٹہل رہی تھی کہ ارشاد حسب معمول اپنے چہرہ پر وہی شگفتگی لیے ہوئے داخل ہوا وہ مریم کو مخاطب کرنا چاہتا تھا کہ

یکایک اسے محسوس ہوا کہ مریم کا چہرہ خلاف عادت دھندلا ہے۔ اس کی تیوریاں چڑھی ہوئی تھیں، آنکھوں سے ترشی کا اظہار ہو رہا تھا، ہونٹ اندر کو دبے ہوئے تھے جیسے کسی تلخ سے تلخ چیز کو گوارا کر رہی ہو۔ ارشاد کو کمرہ میں آئے ہوئے پانچ منٹ سے زیادہ ہو گئے اور مریم اس کی طرف متوجہ نہیں ہوئی۔ آخر کار ارشاد نے حیرت کے ساتھ پوچھا "کیوں آج تم کچھ دلگیر نظر آرہی ہو، کیا گھر میں کسی سے کوئی بدمزگی ہو گئی ہے۔"

مریم نے اس کا کوئی جواب نہیں دیا اور چپ چاپ اس خط کو اس کے سامنے پھینک کر حقارت کے ساتھ اس کی صورت دیکھنے لگی۔

ارشاد نے خط کو شروع سے آخر تک پڑھا اور اپنے بشرہ سے بغیر کسی قسم کی سرآگی اور خجالت کا اظہار کیے ہوئے اپنی جگہ سے اٹھ کر مریم کے پاس آیا اور نہایت متانت اور سنجیدگی کے ساتھ کہا۔ "دیکھو میں تم سے اپنی صفائی میں کچھ نہ کہتا اگر مجھے تمہارے رنج اور ملال کا خیال نہ ہوتا۔ اگر تم ایسی ایسی باتوں سے اس آسانی کے ساتھ اثر قبول کرتی رہو گی تو تمہارے لیے روز ایسے اسباب پیدا کیے جائیں گے۔ اور تمہاری زندگی اور اسی کے ساتھ میری زندگی مفت میں جی کا جنجال ہو کر رہ جائے گی۔ ابھی تو پہلا دن ہے۔ تم نے یہ تو سنا ہی ہو گا:

کور نجتاں بہ آرزو خواہند
مقبلاں راز وال نعمت جاہ

اور یہ کوئی تعلی نہیں ہے کہ آج اس جوار میں "نعمت وجاہ میں میرا کوئی ہمسر نہیں ہے۔ زرومال کے علاوہ علم کی جو دولت مجھے حاصل ہے اس سے دور دور تک میری توقیر و تعظیم ہو رہی ہے۔ اس پر تم جیسی شریک زندگی مجھ کو ملی۔ پھر کیا وجہ کہ دشمن ہم سے جلنے نہ لگیں۔"

"لیکن جب تک کوئی اصلیت نہ ہو کوئی شخص محض عداوت میں اس بیپا کی کے ساتھ کسی پر اتنا بڑا بہتان نہیں لگا سکتا۔" مریم نے بات کاٹ کر کہا اس کی آنکھوں میں آنسو تیر رہے تھے۔"

"تم کو ابھی معلوم نہیں ہے کہ دنیا میں کیسے کیسے لوگ ہیں۔" ارشاد نے فوراً جواب دیا۔ "یہ شخص میرے ایک دور کے چچا کا لڑکا ہے۔ اس کا نام سعید ہے اور اس کو خواہ مخواہ یہ بدگمانی ہے کہ میں نورالنہار کو بہکائے ہوئے ہوں ورنہ وہ اس سے شادی کر لیتی۔ وہ نورالنہار پر برسوں سے فریفتہ ہے۔ لیکن اب تک نہ تو نورالنہار نے اس کی حوصلہ افزائی کی اور نہ کبھی اس کے والدین اس کو خاطر میں لائے اور یوں بھی سعید مجھ سے ہمیشہ جلتا رہا۔ اس لیے کہ نہ تو وہ دولت میں کبھی میرا مقابلہ کر سکا نہ علم و فضل میں، رہ گیا اصلیت کا سوال سو اس قدر اصلیت سے تو تم بھی واقف ہو کہ نورالنہار مجھ سے ہمیشہ مانوس رہی اور مجھ کو مانتی رہی۔ تم کو معلوم ہے کہ میں روز اس کے پاس ایک بار ضرور جاتا ہوں، اس لیے کہ بیچاری کی تنہائی و مجبوری کی کوئی حد نہیں، میں تھوڑی دیر اس کا غم غلط کر دیتا ہوں۔

یہ بات غلط ہے کہ میری شادی اب اس کے ساتھ اس لیے نہیں ہوئی کہ وہ منحوس جاتی ہے۔ وہ خود اپنے کو منحوس سمجھنے لگی ہے اور شادی نہ کرنے کا عہد کیے ہوئے ہے جس کو کوئی توڑ نہیں سکتا۔ میں نے تم سے سارا واقعہ بیان کر دیا، اب تمہارا جو جی چاہے سمجھو۔ میں اب یہ سوچتا ہوں کہ تم کو نورالنہار سے ملا دوں اور تم خود اندازہ کر لو کہ وہ کس قسم کی مخلوق ہے، وہ بارہا تم سے ملنے کا اشتیاق ظاہر کر چکی ہے۔ لیکن میں اس کو ٹالتا رہا اس لیے کہ ممکن ہے میرے گھر والے اس کو گوارا نہ کریں۔ نورالنہار سے میرا ہی ملنا لوگوں کو گراں گزر رہا ہے۔ اس کی وجہ یہ ہے کہ نورالنہار خود کسی سے نہیں ملتی۔ اس کو لوگ

مغرور سمجھتے ہیں اور اس کے ہاں بہت کم آمد و رفت رکھتے ہیں۔ مگر میرا تجربہ کہتا ہے کہ غرور کا اس کے اندر کوسوں پتہ نہیں ہے وہ مجھ سے بارہا کہہ چکی ہے کہ اس کے اور دنیا کے دوسرے لوگوں کے درمیان مشترک بات ہی کون سی ہے جس کی بنا پر وہ کسی سے مراسم رکھے۔ مجھ سے غالباً وہ صرف بچپن کی وضع نباہ رہی ہے اور میں بھی بدوضعی کرنا نہیں چاہتا۔ میں کل اس کو اطلاع دے دوں پھر پرسوں تم کو اس سے ملانے لے چلوں گا۔ وہ یہاں سے مشکل سے دس قدم کے فاصلہ پر ہے۔"

مریم دیر تک بے حس و حرکت شوہر کا منھ دیکھتی رہی مگر شوہر کے تیور اپنی جگہ اسی طرح درست رہے۔ اس کو خوب معلوم تھا کہ کس موقع کو کس طرح نباہا جائے، کم سے کم اس اعتبار سے تو وہ دنیادار تھا ہی۔ مریم جانتی تھی کہ وہ اپنے شوہر پر جاسوس نہیں بٹھا سکتی۔ پھر ان سب باتوں کی تصدیق یا تردید کیونکر ہو۔ اس لیے اس نے اسی کو غنیمت سمجھا کہ نورالنہار کے گھر آنا جانا شروع کر دے۔ اس طرح اس کو نہ صرف مزید تحقیق و تفتیش کا موقع ملے گا بلکہ آئندہ خرابیوں کا بھی سد باب ہو جائے گا۔ اس نے فوراً اپنے تیور بھی درست کر لیے اور ارشاد سے اپنے اطمینان کا اظہار کرتے ہوئے کہنے لگی۔ "دنیا میں بھی کیسے کیسے لوگ ہیں۔ آخر سعید کو اس سے کیا ملے گا۔ کچھ یہ تو نہیں کہ ہم لوگوں کی زندگی تلخ کر کے اس کی زندگی کچھ بہتر ہو جائے گی۔ مگر خیر! برا چاہنے والے کا خدا برا کرے گا۔" یہ کہہ کر اس نے اپنے کو ارشاد کی کھلی ہوئی آغوش میں دے دیا ارشاد نے کہا "تو تم نورالنہار سے ملنے کے لیے تیار ہو؟" مریم نے جواب دیا "ہاں ضرور ملا دیجیے، اس طرح میں بھی کبھی کبھی ان سے مل کر جی بہلا لیا کروں گی اور کچھ ان کا وقت بھی مزے سے کٹ جایا کرے گا۔"

دو گھنٹہ کی صحبت میں مریم نورالنہار کی گرویدہ ہو کر رہ گئی۔ ساری بدگمانیاں بات کی

بات میں جاتی رہیں۔ مریم کے حلق کے نیچے کسی طرح یہ بات نہیں اتر سکتی تھی کہ ایسی ہوشمند اور خلیق عورت کبھی ایک لمحہ کے لیے بھی اس کو روا رکھے گی کہ دوسرے کے شوہر پر ڈورے ڈالے اور اس کو اپنے فرائض کی طرف سے بیگانہ کرکے اپنا بنالے۔ نورالنہار کی صورت اور اس کے انداز بات سے تو یہ پایا تھا کہ یہ عورت کبھی بھی دوسرے کا برا نہ چاہے گی۔ اور جب کبھی ایسی آزمائش کا موقع آئے گا تو وہ ہمیشہ ایثار کو راہ دے گی اور اپنی بڑی سے بڑی خواہش اور بڑی سے بڑی امید کو بے تامل قربان کردے گی۔ یہی خصوصیت تھی جس نے اس کو ہزاروں سے فائق بنا رکھا تھا اور اسی کی وجہ سے وہ دوسروں سے بالکل مختلف مخلوق معلوم ہوتی تھی۔ اسی بے نفسی اور خود گزاشتگی نے اس کو دنیا سے اجنبی بنا رکھا تھا۔ خود نورالنہار کو اپنی فوقیت کا احساس تھا اور اس احساس کو لوگ گھمنڈ سے تعبیر کرتے تھے۔

مریم نے ایک نظر میں دیکھ لیا کہ نورالنہار ایک مٹی ہوئی ہستی کا نام ہے اور اب اس کی سمجھ میں آگیا کہ اگر نورالنہار اپنے کو اس قابل نہیں پائی کہ دنیا میں کسی سے ملے جلے یا دنیا میں اس کی اہلیت نہیں دیکھتی کہ اس کے ساتھ ہمدردی اور موانست برت سکے تو کوئی حیرت کی بات نہیں ہے۔ جہاں تک صورت شکل اور رنگ روپ کا سوال ہے، مریم جس کو اپنی شکل و صورت پر ناز تھا نورالنہار کو دیکھ کر دل ہی دل میں اپنی صورت سے شرمانے لگی۔ نورالنہار ایک ایسی تصویر معلوم ہوتی تھی جس کے مصور نے اس کو اتارنے کے بعد خود اپنے کو اس کا مبتلا پایا ہو اور پھر اس ڈر سے کہ کہیں اس کا ثانی بھی نہ پیدا ہو جائے اپنے فن کو ہمیشہ کے لیے ترک کر دیا ہو۔

نورالنہار کو دیکھنے کے بعد مریم کی سمجھ میں آگیا کہ شاعروں نے معشوق کو "بت" کے نام سے کیوں یاد کیا ہے۔ لیکن مریم کو یہ دیکھ کر عبرت ہوئی کہ نورالنہار کو نہ تو اپنی

صورت کا احساس ہے اور نہ اس کی پروا، نورالنہار عرصہ سے بیمار رہتی تھی اور اپنی صحت کی اس کو کوئی پروانہ تھی۔ اس پر بھی اس کا یہ عالم تھا کہ دیکھنے والے کو مبہوت اور برخود غلط بنا کر رکھ دیتی تھی۔ وہ اس پھول کے مانند تھی جو کھل چکنے کے بعد بلا فکر و سعی کے شگفتہ رہتا ہے اور جو حوادث روزگار کے سخت سے سخت جھونکوں کے سامنے بھی مرجھانے کا نام نہیں لیتا۔

مریم کو نورالنہار سے بے تکلف ہونے میں زیادہ دیر نہیں لگی۔ نورالنہار نے پہلے ہی دن اس کو کچھ اس طرح سر آنکھوں پر بٹھایا کہ مریم اس کے نام کی تسبیح پڑھنے لگی اور اب وہ جتنا وقت ارشاد سے بچا سکتی تھی وہ نورالنہار کی صحبت میں صرف کرتی تھی۔ اکثر ایسا ہوتا تھا کہ ارشاد بستی چلا جاتا تھا اور مریم فوراً بہلی تیار کرا کے نورالنہار کے وہاں پہنچ جاتی تھی اور شام کے وقت تو وہ بلاناغہ تین چار گھنٹہ نور محل میں گزارتی تھی۔ سسرال والے اس کے اس معمول پر چیں بجبیں تھے لیکن چونکہ ارشاد کو مریم کی یہ روش پسند تھی اس لیے اس کو بھی سسرال والوں کی اس معاملہ میں پروا نہیں تھی۔ نورالنہار نے مریم کے ساتھ جو وضع پہلے روز اختیار کی اس کو اسی طرح آخر تک نباہا۔

مریم اور نورالنہار ایک دوسرے کی صحبت سے کبھی اکتاتی نہ تھیں، باتیں کرتے کرتے جب گھبرا جاتی تھیں تو وہ قصہ کہانی کی کتابیں اٹھا لیتیں اور پھر گھنٹوں قصہ خوانی میں اس طرح گزر جاتے کہ کسی کو وقت کا احساس بھی نہ ہوتا۔ زیادہ تر "آرائش محفل"، "باغ و بہار"، "الف لیلہ"، "قصہ ممتاز"، "بدر منیر"، "گلزار نسیم" کے ورد ہوا کرتے تھے۔

ایک دفعہ دو دن کے لیے ارشاد لکھنؤ گیا اور جب واپس ہوا تو اس نے جہاں مریم کو اور تحفے دیے وہاں ایک قلمی مثنوی بھی دی جس کو اس نے گدڑی بازار میں خریدا تھا۔ اور جس کے شروع کے اوراق غائب تھے۔ یہ اوراق غالباً حمد و نعت کے تھے اس لیے کہ

اصل قصہ میں مریم کو کوئی کمی نظر نہیں آئی۔

شام کے وقت عموماً مریم اور نورالنہار کی صحبت میں ارشاد بھی ہوتا تھا۔ آج بھی شام کو وہ مریم کے ساتھ "نور محل" میں آیا لیکن چونکہ اس کو کوئی ضروری کام تھا اس لیے کوئی آدھ گھنٹہ رہ کر چلا گیا۔ اس کے چلے جانے کے تھوری دیر بعد مریم نے نورالنہار کو یہ نئی مثنوی سنانا شروع کی۔ نورالنہار اگرچہ تعلیم و تربیت میں مریم کے مقابل کی نہ تھی تاہم پڑھی لکھی تھی اور نکتہ رس ذہن رکھتی تھی، جب مریم اس شعر پر پہنچی:

نہ یہ مے نہ یہ باغ رہ جائے گا
نہ ملنے کا اک داغ رہ جائے گا

تو نورالنہار تڑپ گئی اور اس کو بار بار پڑھوایا۔ قصہ ختم ہونے کے بعد مریم نے کہا "مجھے نہ جانے کیوں آج اس مثنوی پر رہ رہ کر یہ شعر یاد آرہا ہے:

فتراک میں باندھ خواہ مت باندھ
اب تیرے شکار ہو گئے ہم

تو نورالنہار کو اس شعر کے سمجھنے میں کچھ دیر لگی اور جب مریم نے اس کو اچھی طرح سمجھایا تو وہ کچھ دیر تو خاموش رہی۔ اس کے بعد ایک ٹھنڈی سانس لے کر کہنے لگی۔ "مریم! کل ذرا دن رہتے آؤ تو اب میں تم سے ایک قصہ بیان کروں جس کو میں نے بچپن میں سنا تھا اور جو محض الف لیلہ یا باغ و بہار کی داستان نہیں ہے بلکہ اسی جوار سے متعلق کسی زمانہ کا سچا واقعہ ہے۔"

دوسرے دن مریم دوپہر ہوتے ہوتے نور محل پہنچ گئی۔ ارشاد نے چاہا کہ ابھی وہ نہ جائے اور سہ پہر تک انتظار کرے۔ مگر مریم نے کہا "آج ایک دن آپ گھر میں اکیلے ہی رہیے۔ میں نے نورالنہار سے وعدہ کیا ہے کہ آج قریب دن بھر اس کے ساتھ

رہوں گی۔"

یوں تو نورالنہار ہمیشہ سوگوار اور گرفتہ خاطر رہتی تھی، لیکن آج اس کی صورت زیادہ حسرت ناک تھی۔ مریم اس قدر سویرے پہنچ گئی تھی، اس پر نورالنہار اس کو دعائیں دینے لگی۔ اس نے کہا"اگر کوئی کسی کا اتنا خیال رکھ سکے تو اس فریب و دغا کی دنیا میں اس کو ایک فردوسی نعمت سمجھنا چاہیے۔ مریم! مجھے امید ہے کہ تم میرے ساتھ کبھی دغا نہیں کروگی۔"نورالنہار کے لہجہ میں ایک عجیب المناک سنجیدگی تھی۔ مریم پر اس کا اثر ہوا اور اس نے کہا"آج تم کچھ معمول سے زیادہ غمگین ہو رہی ہو۔ یہ کیوں؟"نورالنہار نے اس کا کوئی جواب نہیں دیا، اس نے مریم کو ساتھ لیا اور اس آراستہ و پیراستہ کمرہ میں لے گئی جو پچھم کی جانب میں کھلتا تھا۔ ہر طرف سے ہوا کے ہلکے جھونکے آرہے تھے اور جسم میں ایک سکون بخش ٹھنڈک پیدا کر رہے تھے۔ نورالنہار نے کہا"آج ایک مدت کے بعد میں نے اس کمرہ کو اس طرح آراستہ کیا ہے۔ ہم لوگ یہیں بیٹھیں گے اور میں قدرت کی ان تمام شادابیوں اور رنگینیوں کو پیش نظر رکھتے ہوئے میں تم کو وہ قصہ سناؤں گی جس کا کل میں نے وعدہ کیا تھا۔"

نورالنہار نے تھوڑی دیر بعد قصہ یوں شروع کیا:

"مریم! یہ قصہ ہمیشہ میرے دل میں چٹکیاں لیتا رہا ہے اس لیے کہ اس کے بہت سے ٹکڑے خود میری زندگی پر صادق آتے ہیں، تم کان لگا کر سنو اور پھر فیصلہ کرو کہ یہ قصہ تمہارے اس شعر کی پوری تفسیر ہے یا نہیں۔ مجھے خود اس پر ایک شعر یاد آتا رہا ہے:

پورا ہوا نہ اپنا زمانے سے کوئی کام

نالاں ہوں میں اگر تو بلب نارسیدہ ہوں

لوگوں کے نام مجھے یاد نہیں اور نہ ہمیں نام سے کوئی کام ہونا چاہیے۔ اصل چیز

واقعات ہیں، کسی زمانہ میں یہاں کوئی زمیندار کا لڑکا تھا جس کو خدا نے ہر طرح کی نعمت دے رکھی تھی۔ صورت میں چندے آفتاب چندے ماہتاب، دولت و اقبال میں کوئی اس کا ہمسر نہ تھا۔ بڑے بڑے زمیندار اس گھر کا لوہا مانے ہوئے تھے۔ علم و فضیلت میں بھی دور دور کوئی اس کا ثانی نہ تھا، اس لڑکے کو کسی غریب لڑکی کے ساتھ عشق تھا۔ کم سے کم مشہور یہی تھا۔ کہا جاتا ہے کہ یہ لڑکی حسن و جمال میں آپ اپنی نظیر تھی، اس کو لوگ "اِندر کے اکھاڑے کی پری" سمجھتے تھے، آؤ ہم لوگ اپنی سہولت کے لیے دونوں کے فرضی نام رکھ لیں۔ اگر تم کو بھی اتفاق ہو تو لڑکے کو شہزادہ احمد اور لڑکی کو پری بانو کے نام سے یاد کیا جائے۔ ابھی کچھ دن ہوئے تم نے شاہزادہ احمد پری بانو کا قصہ "الف لیلیٰ" سے پڑھ کر سنایا تھا۔ "الف لیلی" کے قصہ اور اس قصہ میں کوئی مشترک بات نہیں۔ لیکن میں نے صرف صورت و شکل کے اعتبار سے دونوں کے یہ نام تجویز کیے ہیں۔ پری بانو ایک الھڑ نادان لڑکی تھی جس کو اپنے حسن اور اس کی غارت گری کا کوئی احساس نہیں تھا۔ جس شخص نے اس کے اندر یہ احساس پیدا کیا وہ احمد تھا۔ پری بانو بچپن سے اس کی طرف مائل تھی، لیکن اگر احمد اس کو نہ چھیڑتا تو شاید اس کو یہ میلان محض ایک بے معنی اور بے نتیجہ میلان ہو کر رہ جاتا مگر احمد نے اس کو چھیڑا اور اس کے سوئے ہوئے جذبات کو جگا دیا۔ پری بانو اپنے کو احمد کے مقابلہ میں ایک فرد مایہ ہستی سمجھتی تھی اور کبھی اس کا خواب بھی نہیں دیکھ سکتی۔ جس چیز کا وہ خواب بھی نہیں دیکھ سکتی تھی اس کو احمد نے ایک واقعہ بنا کر پیش کر دیا، نتیجہ یہ ہوا کہ پری بانو ساری دنیا سے بیگانہ ہو کر احمد میں محو ہو گئی۔ اس میں اگر کہیں کوئی قصور نظر آتا ہے تو وہ احمد کا ہے نہ کہ پری بانو کا۔ پری بانو نے تو اپنے اور چاہنے والوں کی طرف سے بھی منہ موڑ لیا تھا اور اس کے چاہنے والوں کا حلقہ بہت وسیع تھا۔ ان میں سے ایک چاہنے والے کی زندگی تو عمر بھر کے لیے خراب ہو گئی۔ پری بانو کو

اس کی پرواتک نہیں ہوئی۔ شاید اس کو اسی کی سزا ملی، نہ جانے وہ کون سے اسباب تھے جن کی بناپر پری بانو کی شادی احمد کے ساتھ نہیں ہو سکی۔ پری بانو کو اس کا بڑا صدمہ ہوا۔ شاید وہ اس صدمہ کو برداشت کرلے جاتی۔ جس صدمہ کو وہ نہیں برداشت کرسکی وہ احمد کی بے حسی تھی جس کی پہلے کوئی علامت اس کے اندر نہیں پائی جاتی تھی۔ احمد پری بانو کو بھی یقین دلائے ہوئے تھا کہ وہ ساری دنیا کی زحمتوں اور دشواریوں کا مقابلہ کر کے اس کے ساتھ شادی کرے گا۔ اور غالباً اس نے حتی الوسع مقابلہ کیا بھی۔ مگر جب اس نے دیکھا کہ پری بانو کو حاصل کرنے کے معنی یہ ہے کہ سب کچھ کھو دو، تو وہ پری بانو سے دست بردار ہو گیا۔

اس کی سب سے بڑی ہٹ دھرمی یہ تھی کہ اس نے کبھی اس کو تسلیم نہیں کیا کہ اس نے پری بانو کے ساتھ بدوضعی کی، پری بانو کا حال البتہ ہمیشہ تباہ رہا۔ احمد کا درد اس کے دل سے کبھی نہیں گیا۔ اس کے ماں باپ نے اس کی شادی دوسری جگہ کردی۔ مگر اس کا دل افسردہ ہو چکا تھا، اور اب اس کو کسی بات میں لذت نہیں ملتی تھی۔ اس کا شوہر تھوڑے ہی عرصہ بعد مر گیا۔ اس کے بعد پری بانو نے دوسری شادی نہیں کی۔ احمد اس سے برابر ملتا رہا اور اس کو برابر یہی یقین دلاتا رہا کہ وہ اس کو اب بھی چاہتا ہے۔ پری بانو اس کی خاطر سے مان بھی لیتی تھی۔ لیکن حقیقت یہ ہے کہ احمد میں محبت کی وہ صلاحیت نہیں تھی جس نے پری بانو کو مٹا کر رکھ دیا تھا۔ وہ اپنی دنیوی فلاح کو محبت کی راہ میں قربان نہیں کر سکتا تھا۔ لیکن پری بانو اس راہ میں ثابت قدم رہی اور مرتے دم تک احمد کا دم بھرتی رہی۔ سنا جاتا ہے کہ اس غم میں آخر کار اس کا کام تمام ہو گیا۔ احمد کچھ دن ماتم کر کے پھر اپنے روزگار میں مصروف ہو گیا۔ مریم! اس قصہ میں سب سے زیادہ اہم بات پری بانو کی مجبوری ہے۔ اس سے اتنا بھی نہ ہو سکا کہ احمد سے کم سے کم بظاہر بے نیاز

ہو جاتی۔ وہ احمد کے خیال کو کسی طرح محو نہ کر سکی، نہ جانے تم کو یہ قصہ دلچسپ معلوم ہو یا نہیں، مجھے تو اس کے اندر بہت کچھ سامانِ عبرت و بصیرت ملا۔"

نورالنہار نے قصہ ختم کیا تو مریم بڑی دیر تک دم بخود اس کی صورت دیکھتی رہی۔ لیکن نورالنہار کے چہرے سے کسی غیر معمولی بات کا پتہ نہیں چلتا تھا۔ سوا اس کے کہ وہ آج روز سے زیادہ سوگوار معلوم ہوتی تھی۔ مریم کو رہ رہ کر خیال پیدا ہوتا تھا کہ یہ نورالنہار نے اپنی سرگزشت بیان کی ہے۔ لیکن پھر اس کو یاد آتا تھا کہ آج سے تقریباً نوماہ سے روز نورالنہار کے ساتھ وہ گھنٹوں بسر کرتی تھی۔ شام کے وقت ارشاد بھی برابر ساتھ ہوتا تھا، لیکن اب تک کوئی بات ایسی نہیں ہوئی تھی جس سے اِس کے اِس گمان کو توثیق ہوتی کہ نورالنہار کو ارشاد کے ساتھ عشق ہے۔ جیسا کہ اکثر لوگوں کا خیال تھا۔ نورالنہار ارشاد کو مانتی بہت تھی اور ذرا ذرا سی بات میں اس کا خیال رکھتی تھی، مگر اس میں کہیں سے کوئی ایسا پہلو نہیں نکلتا تھا جس کو مریم برا سمجھتی یا جس سے اس کو کوئی صدمہ پہنچتا۔ غرض یہ کہ مریم عجیب ادھیڑ بن میں تھی۔

دیر تک مریم خاموش رہی۔ آخر کار نورالنہار نے پوچھا "کیوں! چپ کیوں ہو؟ کہو قصہ کیسا ہے؟" مریم نے کہا "بے انتہا دردناک ہے۔ اگرچہ وہ مجبوریاں نہایت مضحکہ انگیز ہیں جنہوں نے پری بانو کی زندگی کو اس قدر المناک بنا دیا۔ مگر شاید یہ دو طبیعتوں کی مجبوریاں ہیں جو بعض اوقات زمانہ کی مجبوریوں کی طرح سنگین ثابت ہوتی ہیں۔"

مریم گھر آئی تو ساری رات اس قصہ پر غور کرتی رہی۔ اس کو قریب یقین ہو چلا تھا کہ یہ دراصل نورالنہار کی رودادِ زندگی تھی۔ اس کو رہ رہ کر سعید کا خط یاد آ رہا تھا، اور پھر جب وہ احمد اور ارشاد کا مقابلہ کرتی تو اس کا یہ خیال راسخ ہونے لگتا اور اس کو ارشاد سے نفرت ہونے لگتی۔ اس کی ساری ہمدردی نورالنہار کی طرف تھی۔ اگرچہ اس کو اس

بات پر غصہ بھی تھا کہ جو شخص محبت کی صلاحیت سے اس قدر عاری ہو اور جو کسی طرح محبت کا مستحق نہ ہو اس کے پیچھے کوئی اپنا حال کیوں تباہ کرے۔ دوسرے دن مریم نے نورالنہار سے اپنے اس خیال کا اظہار بھی کر دیا۔ اس نے کہا "پری بانو یقیناً سڑی تھی کہ احمد جیسے بے حس کاٹھ کے پتلے پر اس طرح مر مٹی۔"

نورالنہار نے کہا "نہیں یہ بات نہیں ہے، پری بانو اپنی طبیعت سے مجبور تھی، اور احمد اپنی طبیعت سے۔ ورنہ شاید اپنی اپنی جگہ دونوں محبت میں سچے تھے۔" اس منطق سے مریم کو تسکین نہیں ہوئی، اور اس کے دل میں خلش باقی رہی۔"

بارہا مریم نے ارادہ کیا کہ ارشاد سے صاف صاف گفتگو کر کے اپنے دل کی خلش مٹالے لیکن وہ نہ جانے کیوں اپنے کو اس کے لیے تیار نہیں پاتی تھی کہ ارشاد سے پھر جھوٹ مصلحت آمیز باتیں سن کر اپنے کو دوبارہ فریب میں مبتلا کرے۔ اس کو رفتہ رفتہ یقین ہو گیا کہ نورالنہار جس دکھ میں مٹ رہی ہے وہ ارشاد ہی کا دیا ہوا ہے، اور اب وہ ارشاد کو محض ایک کندۂ ناتراش سمجھ رہی تھی۔ جو کسی قسم کے لطیف جذبات کی اہلیت نہیں رکھتا تھا۔ جب سوچتے سوچتے مریم کا سر چکرانے لگتا تھا تو وہ کبھی کبھی نورالنہار کو بھی الزام دینے لگتی تھی کہ اس نے ناحق اس کے اندر یہ تازہ کھٹک پیدا کر دی، لیکن پھر فوراً یہ سمجھ کر نورالنہار کو معاف بھی کر دیتی تھی کہ شاید مریم جیسا غم خوار دمساز پا کر اس سے ضبط نہ ہو سکے اور اس نے اس تمثیل کے پردے میں اپنا قصہ سنا دیا۔ مریم ان دنوں کچھ ارشاد سے مکدر سی رہنے لگی تھی۔ اگرچہ اپنے تیور وہ کچھ ظاہر نہ ہونے دیتی تھی۔

تھوڑے ہی دنوں بعد نورالنہار کو بخار آیا۔ تداخل کا زمانہ تھا۔ دو دن بخار نہیں اترا۔ سب نے سمجھا فصلی بخار ہے، وقت سے جاتا رہے گا۔ لیکن تیسرے دن اس کی حالت زیادہ نازک ہو گئی۔ قصبہ سے ڈاکٹر بلایا گیا اور معلوم ہوا کہ نورالنہار کو "نمونیا" ہے اور اس

کی زندگی خطرے میں ہے۔ نورالنہار سے یہ خبر چھپ نہ سکی۔ اس کو اپنی حالت کا علم ہو گیا۔ مگر وہ ہراساں نہیں ہوئی۔ اس کو ایک طرح کا اطمینان ہو گیا۔ ڈاکٹر کے چلے جانے کے بعد تقریباً تین بجے سہ پہر کے وقت اس نے اپنے کانپتے ہوئے ہاتھ سے یہ تحریر لکھی اور ارشاد کے پاس روانہ کر کے "نیم بیہوشی" کے عالم میں اس کا انتظار کرنے لگی:

"میرے پیارے ارشاد! ہر چند کہ ابھی تم اور ڈاکٹر دونوں مجھے اطمینان دلا گئے ہو کہ مجھے کوئی اندیشہ ناک مرض نہیں۔ مگر میں جانتی ہوں کہ میں کس حالت سے گزر رہی۔ میرا دل کہہ رہا ہے کہ میں اب زندہ نہیں بچوں گی، اور شاید میرے حق میں اب یہی بہتر بھی ہو گا۔ یہ خط میں اس لیے لکھ رہی ہوں کہ قبل اس کے کہ شام کے وقت مریم اور دوسرے لوگ میری عیادت کو آجائیں، تم تنہائی میں آکر مجھے آخری بار اپنا پیار کر لینے دو تا کہ میں قبر میں یہ جلن لے کر نہ جاؤں۔ مجھے امید ہے کہ تم میری التجا قبول کرو گے۔

تمہاری مرتے دم تک

نورالنہار

جس وقت ارشاد کو یہ خط ملا وہ مریم کے ساتھ بیٹھا ہوا نورالنہار کی حالت پر گفتگو کر رہا تھا۔ وہ خط پڑھ کر کچھ اس طرح باؤلا سا ہو گیا کہ مریم بھی گھبرا گئی۔ اس نے کبھی ارشاد کو اس عالم میں نہیں دیکھا تھا۔ مریم نے کہا" کہو خیریت تو ہے؟ نورالنہار کی حالت زیادہ نازک تو نہیں ہے؟"

ارشاد نے جلدی میں جواب دیا"نورالنہار کی حالت اچھی نہیں ہے اور میں ڈاکٹر کے وہاں جا رہا ہوں۔" یہ کہہ کر وہ دوسرے کمرہ میں گیا اور کپڑے پہن کر باہر نکل گیا۔ مریم نے بھی سوچا کہ بہلی کسا کر نور محل جائے۔ اس خاول سے وہ بھی اس کمرے میں گئی جس

میں سے ابھی ارشاد نکلا تھا۔ اس نے ماما کو بلا کر کہا کہ بہلی تیار کرائے، اور خود کمرے میں ٹہلنے لگی۔ اتنے میں اس نے میز پر ایک کھلی ہوئی چھٹی دیکھی۔ ارشاد غفلت اور محویت میں اس کو چھوڑ گیا تھا۔ مریم نے بلا ارادہ اس کو اٹھالیا، اور پڑھنے لگی۔

خط پڑھ کر تھوڑی دیر کے لیے تو اس کے بدن میں چنگاریاں چھوٹنے لگیں۔ لیکن پھر اس کو نورالنہار کے عبرتناک حشر کا خیال آیا، اور اب وہ اپنے غصہ پر نادم تھی۔ لیکن ارشاد سے وہ اب بھی کبیدہ خاطر تھی۔

تھوڑی دیر بعد ارشاد گھبرایا ہوا آیا اور کہنے لگا "نورالنہار کی حالت شاید نازک ہے میں پھر وہیں جارہا ہوں۔ تم بھی وہیں جلد چلی آؤ۔"

مریم نے جل کر کہا "میں نہیں جاؤں گی، تم اکیلے جاؤ، نورالنہار کو تمہاری ضرورت تنہائی میں ہے۔"

ارشاد حیرت کے ساتھ مریم کا منھ تکنے لگا۔ اتنے میں اس کی نظر کھلے ہوئے خط پر پڑ گئی اور وہ سب کچھ سمجھ گیا۔ اس نے اپنے تیور نہیں بدلے اور یہ کہتا ہوا پھر باہر نکل گیا "خیر تمہاری مرضی، جیسا مناسب سمجھو کرو۔"

مریم اور بھی پیچ و تاب کھانے لگی، اس کی سمجھ میں نہ آتا تھا کہ اس کا شوہر کس قسم کا جانور ہے، دغاباز یا مکار تو وہ کسی طرح نہیں معلوم ہوتا تھا۔ لیکن کم سے کم جذبات سے تو عاری ضرور تھا۔

ارشاد کے چلے جانے کے بعد مریم بہلی میں سوار ہو کر نور محل کو روانہ ہوئی، نورالنہار کو اس نے صبح سے زیادہ بے چین پایا۔ ارشاد اس کی پٹی کے پاس چپ چاپ سر جھکائے بیٹھا تھا۔ اور اس کے چہرے سے سوا ایک عام افسردگی کے کسی قسم کے جذبات کا اظہار نہیں ہو رہا تھا۔ اس نے مریم کی طرف ایک بار نظر اٹھا کر دیکھا اور پھر

اس کی طرف مخاطب نہیں ہوا۔ وہ بیمار کی تیمارداری میں مصروف رہا۔ نورالنہار نے مریم کو دیکھا تو ایک مصنوعی مسکراہٹ کے ساتھ اس کو اپنے قریب بلا کر بٹھایا اور اس کا ہاتھ اپنے ہاتھ میں لے کر کہنے لگی:

"مریم! اگر میں اِس مرض میں جانبر نہ ہو سکوں تو کوئی حیرت کی بات نہیں۔ تم پریشان اور فکر مند نظر آ رہی ہو۔ لیکن اگر میں خوش نہیں ہوں تو اپنے انجام کی مجھے کوئی پروا نہیں ہے۔ ممکن ہے میری آئندہ زندگی اس سے بہتر ہو۔ تم ابھی کم سن ہو، اور پھر تم کو زندگی کی صعوبتوں کا کوئی تجربہ نہیں اور خدا نہ کرے کہ ہو۔ لیکن میں سب کچھ جھیل چکی ہوں اور مجھے ایسی دنیا میں جینے کا حوصلہ نہیں جہاں صرف حسرتوں اور مایوسیوں میں اپنا کام تمام ہو جائے۔"

"اس قسم کے وسواس کو اپنے دل میں جگہ دے کر کیوں خواہ مخواہ اپنے کو کڑھاتی ہو۔" مریم نے بات کاٹ کر جواب دیا۔

"ذرا صبر کرو مجھے بیچ میں مت ٹوکو۔ ارشاد! ذرا تم باہر چلے جاؤ۔ میں ان سے اطمینان کے ساتھ باتیں کر لوں۔" ارشاد اسی طرح خاموش اٹھ کر باہر چلا گیا۔

نورالنہار نے کہا "مریم! میں مر رہی ہوں۔ میں موت کو ہر رگ و پے میں محسوس کر رہی ہوں۔ اس لیے جو کچھ کہوں اس کو کان لگا کر سنو:

"دیکھو مجھے جو دیدہ عبرت نگاہ ہو
میری سنو جو گوش نصیحت نیوش ہے"

"اگر حرمان کے صحیح معنی تم کو سمجھنا ہیں تو مجھے دیکھو، اور میری زندگی پر غور کر جاؤ، جہاں تک دولت اور ثروت کا سوال ہے مجھے کیا نہیں حاصل؟ لیکن پھر یہ سب کس کام کے؟ میں دنیا میں نامراد رہی اور دنیا سے نامراد اٹھی۔ تم کو مجھ سے انس ہے، اور مجھے

یقین ہے کہ یہ انس کوئی دکھاوا نہیں ہے۔ تم نے ارشاد کو اپنا شوہر جانا، اور یہ تمہاری سب سے بڑی خوش قسمتی ہے، لیکن تم کو کبھی یہ بھی گمان ہوا کہ وہ کسی دوسرے کے لیے بھی کچھ رہا ہے یا ہو سکتا ہے۔ مجھ کو امید ہے کہ تم عام عورتوں کی طرح تنگ نظر اور تنگ حوصلہ نہیں ہو۔ اس لیے سن لو۔ ارشاد کو میں روز اوّل سے چاہتی ہوں اور وہ بُری طرح چاہتی ہوں۔ چنانچہ یہ جاننے کے بعد کہ میں اب زیادہ زندہ نہیں رہوں گی اگر کسی حسرت نے مجھے بے چین اور مجبور کر دیا تو وہ ارشاد کی حسرت تھی۔ میں نے اس کو تنہائی میں بلایا، سنا ہے کہ تم کو اس کی خبر ہو گئی اور تم کو یہ ناگوار ہوا۔ اس کی مجھے امید نہیں تھی۔ میں یوں بھی تم سے مرتے وقت اپنی رام کہانی بیان کر دینے والی تھی۔ ارشاد ان ہستیوں میں سے ہے جو بہر حال اپنے فرائض منصبی کو انجام دیتے ہیں۔ یہ سچ ہے کہ میں ہمیشہ اس پر مٹی رہی۔ اور اگر حالات موافق ہوتے تو میں اس کو اپنا بنا کر چھوڑتی۔ لیکن اب جب کہ وہ میرا نہیں ہو سکا تو وہ جس کا بھی ہو کبھی اس سے دغا نہیں کرے گا۔ میں بستر مرگ پر تم سے قسم کھاتی ہوں کہ تمہارے شادی کرنے کے بعد اس نے کبھی ایسا کوئی کام نہیں کیا جس کو تم بے وفائی یا فریب سمجھو۔ تم کو سعید نے بہکایا تھا۔ میں ارشاد کو چاہتی ہوں، اور پکار پکار کہتی ہوں کہ اس کو چاہتی ہوں، اور وہ بھی میرے ساتھ وضع نباہتا رہا ہے۔ لیکن یہ بات اس وقت سے چلی آرہی ہے جب کہ اس کے ذہن میں تمہارا تصور بھی نہ تھا۔ میں نے آج تنہائی میں اس کو اس لیے بلایا کہ آخری دفعہ اپنے بچپن کی محبت کی یاد تازہ کر لو، اور وہ چلا آیا۔ تم کو یہ بات گراں گزری سو خطاوار میں ہوں نہ کہ ارشاد۔ مریم! جس احمد کا میں نے اس دن قصہ بیان کیا تھا وہ یہی ارشاد ہے۔ اب تم اس کو عیب سمجھو یا کمال کہ وہ اپنے جذبات کا غلام نہیں ہے۔ لیکن میرا شہزادہ احمد فرومایہ یا دغا باز نہیں ہے۔ کم سے کم میں اس کو ایسا نہیں سمجھتی۔ اب اس احمد کو میں تمہارے سپرد کرتی ہوں۔ وہ تمہارے

پاس میری امانت ہے۔ اس کی کبھی کوئی حق تلفی نہ کرنا۔ مجھے جتنے کوسنے جی چاہے دو لیکن ارشاد کے ساتھ بے انصافی نہ کرنا۔ میں نے تم سے راہ ورسم صرف اس لیے پیدا کی تھی کہ تم خود دیکھتی رہو کہ اصلیت کیا ہے اور یہ اتّہام کہاں تک صحیح ہے کہ ہم دونوں مل کر تم کو دھوکا دے رہے ہیں۔ جو کچھ تم نے دیکھا ہو گا اس کی گواہ تم خود ہو گی۔ میں اگر تمہارے دل کو انسانیت کے جذبہ سے معمور نہ پاتی تو اپنی زبان سے تم کو یہ ہیچ و پوچ داستان نہ سناتی، تو اب بولو میری وصیت کا خیال رکھو گی یا نہیں؟ اور ارشاد کے ساتھ خوش وخرم رہو گی یا نہیں؟"

یہ کہتے کہتے نورالنہار کی آنکھوں میں آنسو بھر آئے۔ مریم کے اعضا میں مدت سے ایک تناؤ تھا۔ اب اس سے بھی ضبط نہ ہو سکا۔ نورالنہار نے اس کے اعصاب ڈھیلے کر دیے اور وہ بھی پھوٹ پھوٹ کر رونے لگی۔ نورالنہار نے پوچھا "کیوں! یہ میری قسمت کو رو رہی ہو یا اپنی؟"

مریم اس سے لپٹ گئی، اور سسکیاں لیتی ہوئی کہنے لگی "خدا کے لیے اب بس کرو، میں تم سے شرمندہ ہوں۔ میں شاید تمہاری گنہگار ہوں، تم زندہ رہو۔ مجھے کبھی تم سے کوئی ملال نہ ہو گا۔"

"خیر! میرا زندہ رہنا اور مرجانا دونوں یکساں ہیں۔ لیکن یہ وعدہ کرو کہ ارشاد سے تم کو کدورت باقی نہیں رہے گی۔" مریم نے وعدہ کیا اور نورالنہار نے اطمینان کی ایک لمبی سانس لی۔

نورالنہار کا اندازہ غلط نہیں تھا۔ ڈاکٹر کا خیال تھا کہ وہ بچ جائے گی لیکن رات کے پچھلے پہر کے قریب نورالنہار کی حالت اور بھی بدتر ہو گئی اور صبح ہوتے ہوتے سانس اکھڑ گئی۔ دوپہر کے قریب وہ اپنی ساری حسرتیں سمیٹ کر اس دنیا سے رخصت ہو گئی۔ یوں تو جھوٹ

سچ سب ہی نے آنسو گرائے لیکن مریم کی حالت نا قابل بیان تھی، اس کی طبیعت امڈی چلی آرہی تھی اور آنسو کسی طرح تھمتے نہیں تھے۔ ارشاد بدستور ساکت وصامت تھا۔

باوجود نورالنہار کی وصیت کے مریم عرصہ تک ارشاد کی طرف سے کسی قدر بیگانہ رہی، وہ اس کی خدمت میں سرگرم تو رہتی تھی، لیکن اس کے لیے اپنے دل میں کوئی ابھار یا ولولہ نہیں پاتی تھی۔ بلکہ ارشاد کی طرف سے اپنے دل میں رکاوٹ سی محسوس کرتی تھی۔ لاکھ نورالنہار کے آخری الفاظ کو یاد کرتی مگر وہ پھر بھی اپنی طبیعت کو مجبور پاتی۔ ارشاد بھی مریم کو اس کے حال پر چھوڑے ہوئے تھا، وہ اپنا وقت زیادہ تر باہر کے کاموں میں صرف کرتا تھا۔

کئی مہینے اسی طرح گزر گئے۔ آخر کار ایک دن مریم نے ارشاد سے کہا "کبھی تمہارے دل میں یہ خیال بھی گزرتا ہے کہ نورالنہار کی جان تمہارے پیچھے گئی۔"

"اب تو اس ناگوار حقیقت کو ماننا ہی پڑتا ہے" ارشاد نے سر جھکائے ہوئے ایک ٹھنڈی سانس کے ساتھ جواب دیا۔"میں محبت کو ایسا جان کا روگ نہیں سمجھتا تھا، میرا خیال تھا کہ محبت بہر حال قائم رہ سکتی ہے اور اس کے لیے مناکحت ضروری نہیں۔ اگر مجھے یہ خیال ہوتا کہ محبت کے لیے شادی ضروری ہے اور بغیر اس کے محبت کا نباہ دشوار ہے، اور اگر مجھے پہلے سے اس کا وہم بھی ہوتا کہ مجھ کو نہ پاکر نورالنہار کا یہ حشر ہوگا تو میں ساری دنیا سے مخالفت کرنے پر آمادہ ہو جاتا۔ میرا تو یہ خیال تھا کہ ایسی مخالفتوں کے ہوتے ہوئے اگر میں نے اس کے ساتھ شادی کی تو میں اپنے ساتھ اس کی زندگی کو بھی تلخ کردوں گا۔ دوسری مرتبہ میں نے اس کی پوری کوشش کی کہ تلافی مافات کروں لیکن اب کی مرتبہ وہ خود کسی طرح اس پر راضی نہیں ہوئی، وہ وہمی ہوگئی تھی، اور اپنے کو منحوس اور سبز قدم سمجھنے لگی تھی۔ جیسا کہ اور لوگ بھی سمجھنے لگے تھے۔ اس نے صاف صاف کہہ دیا کہ وہ

اپنی نحوست میرے سر نہیں لگائے گی۔ اس کے بعد میری ہر کوشش بے نتیجہ ثابت ہوئی اور میری شادی تمہارے ساتھ ہوگئی۔ آخر کار آج تم نے چھیڑ کر میری زبان سے اتنا سُن لیا، ورنہ اس داستانِ محروم کو دہرانے سے میں ہمیشہ پہلو بچاتا رہا۔"

مریم اور ارشاد دونوں دیر تک خاموش رہے، مریم کا سکوت اس کی کشاکشِ جذبات کا آئینہ تھا۔ اس کی سمجھ میں نہیں آتا تھا کہ کیا کہے اور کیا کرے۔ یکایک ایک خیال سے وہ چونک پڑی، اور ارشاد سے کہنے لگی "میں نورالنہار کی قبر پر اب تک نہیں گئی ہوں، آج مجھے لے چلو۔" شام ہوگئی تھی، ارشاد نے کہا چلو، اور دونوں قبرستان کی طرف روانہ ہوگئے۔ مریم نورالنہار کی قبر سے لپٹ کر دیر تک آنسو بہاتی رہی، ارشاد ایک کنارے بُت بنا ہوا بیٹھا رہا۔ جب مریم خوب رو چکی تو ارشاد کے پاس آئی اور اس کو پیار کر کے کہنے لگی "اگر کوئی بات معاف کرنے کی تھی تو میں نے تم کو اور نورالنہار دونوں کو معاف کیا۔ اس نے مرتے دم وصیت کی تھی کہ میں تم کو اس کی امانت سمجھ کر رکھوں، اِدھر میں تمہاری طرف سے برابر اپنے دل میں غبار لیے رہی ہوں، لیکن یہ شاید نورالنہار کی طرف سے غبار لیے رہنا ہے۔ اب آؤ ہم نورالنہار کی یادگار اپنی محبت سے قائم کریں۔"

ارشاد نے مریم کا منھ چوم کر جواب دیا "خدا تم کو اس کا اجر جمیل دے۔" جب دونوں قبرستان سے پلٹنے لگے تو ارشاد نے کچھ دیر خاموش رہنے کے بعد کہا "شاید کسی شاعر کا یہ کہنا غلط نہیں کہ محبت مرد کی زندگی کا صرف ایک جز ہے مگر عورت کی ساری ہستی۔"

***

۳

جشن عروسی

بڈھا جعفر پاشا اپنے دیوان میں خاموش و متفکر بیٹھا ہوا ہے۔ خدام ادب زرکار ملبوس میں حلقہ باندھے ہوئے حکم کے منتظر کھڑے ہیں۔ جعفر اگرچہ عموماً اپنے بشرہ سے اپنے تفکرات و ترددات کو ظاہر ہونے نہیں دیتا۔ لیکن آج اس کے ماتھے کے بل اس کے اندرونی ہیجان کا کافی پتہ دے رہے ہیں۔ اس کی آنکھوں سے صاف ظاہر ہوتا ہے کہ وہ کسی غیر معمولی ادھیڑ بن میں مبتلا ہے جس کو کوشش سے بھی چھپا نہیں سکتا۔ حاضرین دربار پر بھی ایک ہیبت طاری ہے، اور سب دم بخود ہیں۔

دفعتاً اس نے ایک اشارہ کیا اور آن کی آن میں دربار خالی ہو گیا۔ دیوان میں جعفر کے علاوہ دو آدمی اور رہ گئے تھے۔ اس کا بیٹا سلیم اور حبشی غلام۔ جعفر نے حرم سرا کے ناظم اعلیٰ کو بلوایا اور کہا "ہارون غارت ہو وہ جس نے میری لڑکی کا چہرہ بے نقاب دیکھا ہو۔ جب یہ مجمع جو ابھی یہاں سے برخاست ہوا ہے بیرونی دروازہ سے نکل جائے تو تم زلیخا کے محل میں جاؤ اور اس کو یہاں بلالاؤ۔ میں آج اس کی آئندہ زندگی کا فیصلہ کرنا چاہتا ہوں۔ بس جاؤ۔ حکم کی تعلیم میں دیر نہ ہو۔" ہارون نے ادب کے ساتھ سر تسلیم خم کیا اور اپنے کام پر چلا گیا۔ دیوان میں پھر خاموشی پھیل گئی۔ چند لمحوں بعد نوجوان سلیم نے مہر سکوت توڑی۔ اس نے آداب بجالا کر دبی ہوئی زبان سے کہا "ابا جان اس خیال سے کہ کہیں میری

معصوم بہن یا اس کے خواجہ سرا پر کوئی عتاب نہ نازل ہو، میں سچ سچ عرض کر دینا چاہتا ہوں کہ اگر کوئی خطا ہوئی ہے تو مجھ سے ہوئی ہے اور معتوب مجھ کو ہونا چاہیے۔ آج صبح کا سماں کچھ ایسا سہانا اور دل کش تھا کہ ضعیف اور ناتواں بڈھے شاید اس سے بے دلی اور بے اعتنائی برت سکیں۔ مگر میرے لیے غیر متاثر رہ کر اپنی خوابگاہ میں پڑا رہنا ناممکن تھا۔ یہ بھی گوارا نہ تھا کہ ساحل اور سمندر کے حسین ترین مناظر کی سیر تنہا کروں اور "تبادلۂ خیالات" کے لیے کوئی رفیق نہ ہو۔ ایسے وقت میں تنہائی بے حد گراں گزرتی ہے۔ اس لیے میں نے جا کر زلیخا کے خوابِ راحت میں خلل ڈالا۔ اور پہرہ داروں کے بیدار ہونے سے پہلے ہم دونوں صنوبر کے کنجوں میں پہنچ گئے۔ اس وقت ایسا معلوم ہوتا تھا کہ زمین، آسمان، سمندر سب ہماری ملکیت ہیں۔ دیر تک ہم لوگ مجنوں کی داستان اور سعدی کی غزلوں سے جی بہلاتے رہے۔ پھر جب نقارہ کی آواز نے اعلان کیا کہ دربار کا وقت قریب آگیا ہے تو میں دوڑ کر سلام کرنے کی غرض سے آپ کی خدمت میں حاضر ہوا مگر زلیخا اب تک وہیں گلگشت میں مصروف ہے۔ نہیں ابا جان آپ خفا نہ ہوں اس کنج میں حرم کے پردہ داروں کے سوا کسی غیر کا گزر نہیں ہو سکتا۔"

پاشا کی آنکھوں سے نفرت اور حقارت برسنے لگی۔ اس نے طنز کے ساتھ کہا "کنیز بچہ !کافرمان کا کافر بیٹا تجھ سے مردانہ ہمت اور بہادرانہ کارناموں کی توقع عبث ہے۔ اگرچہ تیرا مذہب یونانی نہیں لیکن تیرا خون تو یونانی ہے۔ ایسے وقت میں جب کہ تیرے دست و بازو کا کام یہ تھا کہ تیر و کمان کے کرتب دکھائے تو نازنین لڑکیوں کی طرح آبشاروں کے کنارے غنچوں کے چٹکنے کا تماشہ دیکھ رہا ہے۔ کاش سورج کی کرنیں جو اپنے اندر تیرے لیے اس قدر سامانِ تفریح رکھتی ہیں اپنی تھوڑی سی حرارت تجھے مستعار دے سکتیں۔ کم بخت دیکھتا ہے کہ آل عثمان کی دولت رفتہ رفتہ مسیحیوں کے ناپاک ہاتھوں میں چلی جا رہی

ہے، استنبول کی فصیل بھی اب ماسکو کے کتوں کے ہاتھوں پامال ہو رہی ہے۔ اور تجھ میں اتنی غیرت نہیں کہ ان نصرانی جانوروں پر ایک مرتبہ بھی وار کرے اور اپنی زندگی اور موت کا فیصلہ کرلے۔ جا تیرے ہاتھوں میں چرخہ زیادہ بھلا معلوم ہوگا۔ تیغ و تفنگ سے تجھ کو کیا سروکار؟"

سلیم کی زبان بند تھی کم از کم جعفر نے اس کے منھ سے ایک حرف نہیں سنا مگر جعفر کا ایک ایک لفظ اس کے لیے دشمن کی تلوار سے زیادہ مہلک ثابت ہو رہا تھا۔ "کنیز بچہ! اور میرا باپ؟" سلیم پیچ و تاب کھا کھا کر دل ہی دل میں سوال کر رہا تھا۔ اس کی آنکھوں سے شعلے نکل نکل کر بجھ جاتے تھے۔ بڈھا جعفر یہ سب کچھ دیکھ رہا تھا۔ یکبارگی وہ چونک پڑا۔ اس لیے کہ سلیم کی آنکھوں میں بغاوت اور نافرمانی کے آثار نمودار ہو چلے تھے۔ جعفر نے اب محسوس کیا۔ اس لعنت و ملامت کا نتیجہ کتنا خوفناک ہو سکتا ہے۔ سلیم باپ کی ایک ایک نگاہ کا جواب دے رہا تھا جس سے غرور و سرکشی ٹپک رہی تھی۔ جعفر سوچ میں پڑ گیا "مجھے اس خودسر لڑکے کی طرف سے برا اندیشہ ہے کبھی نہ کبھی یہ ضرور مجھے نقصان پہنچانے کی کوشش کرے گا۔ مجھے اس سے کبھی محبت نہ تھی لیکن اس میں اتنی طاقت اور ہمت بھی تو نہیں کہ ہرن یا گورخر کا شکار کرسکے، پھر مجھ سے پیکار جوئی کیونکر کرسکے گا۔ نہیں اس کی مجال نہیں کہ مجھ سے سرتابی کرے۔ تاہم میں اس کو خاص نگرانی میں رکھوں گا۔ مجھے اس چھوکرے پر بھروسہ نہیں۔ اگرچہ اس کا خون مجھ سے ملا ہے جس کا اس کو کوئی صحیح علم نہیں، اور خدا کرے کبھی نہ ہو۔" جعفر اسی طرح خیالات کا طومار باندھ رہا تھا کہ اس کو زلیخا کی آہٹ ملی اور اس کے خیال کا مرکز بدل گیا۔ وہ زلیخا کو بے انتہا عزیز رکھتا تھا اور اس کو دیکھ کر اپنی "فکر دنیا" کو بھی بھول جایا کرتا تھا۔

زلیخا داخل ہوئی تو سارا کمرہ اس کے حسن کی شعاعوں سے جگمگا اٹھا۔ عام طور پر

قسطنطنیہ میں مشہور تھا کہ حسن و جمال کے لحاظ سے زلیخا کی نظیر "عالم مثال" میں ملے تو اس دنیا میں ممکن نہیں۔ اس کا وہ بھولا چہرہ، وہ ہرنوں کی سی آنکھیں، وہ نو شگفتہ مرمریں سینہ، وہ صبر شکن اور تاب گداز ہونٹھ ایسے نہ تھے جن کے سامنے کوئی اپنے کو "دردِ تمنا" سے محفوظ رکھ سکتا۔ اس پیکر حسن و شباب کو دیکھ کر کیوپڑ اپنے تیر و کمان بھول جاتا، اور شکست کا آرزومند ہوتا۔

زلیخا آتے ہی پہلے تو ادب کے ساتھ ہاتھ باندھ کر کھڑی ہوگئی۔ پھر باپ کا اشارہ پاکر اس نے اپنے ہاتھ بڑھائے اور جعفر کے گلے سے لپٹ گئی۔ جعفر نے اس کا پیار کیا اور دعائیں دیں۔ در حقیقت وہ اس وقت ایک کشمکش میں گرفتار تھا۔ ایک طرف تو اس کو زلیخا کے فلاح و بہبود کا خیال ستا رہا تھا۔ دوسری طرف جب وہ یہ سوچتا تھا کہ اس مناکحت سے اس کے دولت و اقبال میں اضافہ ہونے والا ہے تو دنیا کا ہر خیال اس کے دل سے نکل جاتا تھا یہاں تک کہ بیٹی کی محبت بھی اس کو اپنے ارادہ سے پھیر نہ سکتی تھی۔

جعفر نے زلیخا کی پیشانی پر بوسہ دے کر کہا "آج میں تجھے ایسی خبر سناؤں گا جو میرے لیے باعث مسرت بھی ہے اور وجہ ملال بھی۔ مسرت اس کی ہے کہ میں اپنی زندگی میں تیرا "جشن عروسی" دیکھ رہا ہوں۔ اس پر جہاں تک ناز کیا جائے کم ہے کہ تیرا شوہر ایک نہایت جری اور بہادر سردار ہے ساری فوج میں اس کا ایسا جانباز سورما کوئی نہیں۔ اور اگرچہ اخوتِ اسلام کی رو سے نسبت نامہ کوئی چیز نہیں لیکن یہ بھی ہماری خوش قسمتی ہے کہ قرسمان کی نسل اب تک غیر مخلوط رہی ہے۔ زیادہ کہنے سننے کی ضرورت نہیں۔ اتنا کہہ دینا کافی ہے کہ تیرا خاندان اغلوبے کے خاندان سے تعلق رکھتا ہے۔ اور میں نے اگر اس سے یہ رشتہ قائم کر لیا تو ہماری متفقہ دولت کے آگے کوئی ٹھہر نہ سکے گا اور اطراف و جوانب میں ہمارا سکہ بیٹھ جائے گا۔ البتہ تیری اور اس کی عمر میں فرق بہت

زیادہ ہے۔ مگر میں اپنی زلیخا کو کسی ناآزمودہ کار کم سن لڑکے سے بیاہنا نہیں چاہتا۔ بس جا تجھے میری مرضی معلوم ہوگئی۔ ایک باپ جو کچھ اپنی بیٹی کے روبرو کہہ سکتا ہے میں تجھے سے کہہ دیا۔ میرا کام تجھ کو اپنی خواہش سے آگاہ کر دینا تھا۔ اب میری متابعت کرنا تیرا کام ہے اور محبت کا سبق دینا تیرے سرتاج کا کام ہوگا۔"

زلیخا نے گردن جھکالی۔ اس کی آنکھوں میں آنسو ڈبڈبا آئے جن کو اس نے بہنے نہ دیا۔ بہت ممکن ہے یہ آنسو اس خوف وہراس کا نتیجہ رہے ہوں جو ایسے وقت میں ایک دوشیزہ دل میں پیدا ہوسکتے ہیں۔ اس کے بڑے بڑے ڈھلے ہوئے قطرہ ہائے اشک میں کچھ اس بلا کی دل کشی تھی کہ کسی طرح آنکھیں ہٹانے کو جی نہیں چالتا تھا۔ اور نرم سے نرم اور کمزور سے کمزور دل بھی اس امر کو گوارانہ کر سکتا تھا کہ ان کو پونچھ کر مٹایا جائے۔

جعفر اتنا کہہ کر اور ضروری کاموں میں مصروف ہوگیا۔ اور پھر زلیخا کا تصور بھی اس کے دماغ سے نکل گیا۔ تھوڑی دیر کے بعد اپنے گھوڑے پر سوار ہوکر لشکر گاہ کی طرف روانہ ہوگیا۔

سلیم زلیخا کی طرف پشت کیے ہوئے اور اپنا سر ہاتھوں پر دھرے ہوئے جھروکہ کے پاس کسی خیال میں مستغرق تھا۔ اس نے جعفر کو جاتے ہوئے بھی نہیں دیکھا۔ اس کی نگاہیں درّہ دانیال کی نیلی سطح پر جمی ہوئی تھیں اور بظاہر معلوم ہوتا تھا کہ وہ سمندر کے پرفضا مناظر سے لطف اٹھا رہا ہے۔ لیکن دراصل اس کو نہ ساحل کی خبر تھی نہ پانی کی ترنم خیز لہروں کی۔ اس پر صرف ایک خیال مستولی تھا۔ زلیخا اس سے مفارقت کرنے والی تھی۔

سلیم خاموش تھا۔ زلیخا اس کی خاموشی پر غور کر رہی تھی۔ اس نے ایک آہ سے اس طلسم سکوت کو توڑنا چاہا۔ سلیم متوجہ نہ ہوا۔ زلیخا اس کے سامنے آگئی۔ سلیم چپ رہا۔ زلیخا

نے اس کے بُشرے کا مطالعہ کیا۔ مگر اس کے جذبات کا پتہ نہ چلا سکی۔ وہ مضمحل ہو کر دل میں کہنے لگی "کیا اس پر اس قدر اثر ہوا ہے، کیا اس کو ایسا صدمہ پہنچا ہے یہ خبر خود میرے لیے کچھ کم روح فرسا نہیں ہے، مگر کیا اس کو مجھ سے زیادہ ملال ہوا ہے۔" اس نے سلیم کو یوں مخاطب کرنا چاہا کہ ایرانی گلاب پاش اٹھا کر اس کے سامنے سنگِ مرمر کے فرش پر چھڑکنا شروع کیا۔ یہاں تک کہ سارا دیوان ایک دل آویز اور مست کر دینے والی خوشبو سے مہک اٹھا۔ سلیم اسی طرح بے حس و حرکت کھڑا رہا اب زلیخا نے سوچا "اگر اس کو میں گلاب کا پھول توڑ کر دوں تو وہ میری نذر کو ضرور قبول کرے گا اور میری طرف ضرور متوجہ ہو جائے گا۔" اس خیال سے وہ ایک گلاب توڑ لائی اور سلیم کے قدموں سے لگ کر کہنے لگی "یہ پھول میرے پیارے بھائی کے لیے بلبل کی طرف سے ایک پیغام لایا ہے، وہ کہتی ہے، آج سلیم کی افسردگی دور کرنے کے لیے اپنے غمگین اور دردناک ترانوں میں مسرت و ابتہاج کی لے پیدا کر دوں گی اور جب تک وہ حسبِ معمول شگفتہ نہ ہو جائے گا، میں اپنی نواسنجیاں بند نہ کروں گی۔

"یہ کیا؟ کیا سلیم آج تم میری نذر نہیں قبول کروگے۔ پھر تو میں بڑی بدنصیب ہوں۔ تم مجھ کو ایسے تیوروں سے کیسے دیکھ سکتے ہو جب کہ جانتے ہو کہ میں تم کو اپنی زندگی سے عزیز رکھتی ہوں؟ سلیم! پیارے سلیم! کیا تم مجھ سے نفرت کرنے لگے ہو؟ نہیں ہرگز نہیں! ادھر آؤ۔ میرے سینہ پر اپنا سر رکھ دو۔ میں تم کو چوم چوم کر سلا دوں، کیا ابا جان نے کچھ کہا ہے؟ میں جانتی ہوں ان کو تم سے کوئی انس نہیں، وہ تمہارے ساتھ سختی سے پیش آیا کرتے ہیں۔ مگر کیا اپنی زلیخا کی محبت کو بھول گئے؟ اچھا اب میں سمجھی پاشا نے آج میری نسبت کا جو تذکرہ کیا ہے وہ شاید تمہیں ناگوار ہوا ہو۔ اگر یہی ہے تو میں بیت اللہ کی قسم کھا کر کہتی ہوں تم کو دکھ پہنچا کر میری شادی ہرگز نہیں ہو سکتی۔ یقین مانو میں تم

سے علیحدہ ہو کر اپنے دل کو دو جگہ تقسیم نہیں کر سکتی۔ اگر میں نے تم کو چھوڑ دیا تو پھر میری ہمدمی اور تمہاری غمگساری کون کرے گا۔ زمانہ گردشیں کرتا رہے گا۔ صبح شام ہوتی رہیں گی، انقلاب ہوتے رہیں گے، مگر وہ ساعت کبھی نہ آئے گی جو مجھ تم سے جدا کر سکے۔ عزرائیل کی بھی یہ مجال نہیں کہ ہم کو جدا کرے۔ ہمارے دل خاکی میں مل کر بھی ایک رہیں گے۔"

سلیم اب تغافل نہ برت سکا۔ اس کے جسم کو حرکت ہوئی۔ اس نے ایک ٹھنڈی سانس کھینچی اور اس کی خوبصورت آنکھیں اس کے کیفیاتِ قلب کی ترجمانی کرنے لگیں۔ اس کی محویت کا طلسم ٹوٹ گیا۔ اس کی پتلیاں محبت سے چمکنے لگیں۔ اس نے زلیخا کو اٹھا کر بیتابانہ گلے لگالیا۔ اور اس کے محبت بھرے ہونٹوں کو چوم کر کہا "بس بس! زلیخا اب تو میری ہے اور میں تیرا۔ اس مقدس "پیمانِ وفا" نے نہ صرف تجھے میرا بنایا ہے بلکہ مجھے بھی تیرا بنا دیا ہے۔ ہر چند کہ میں نے اپنی زبان سے کوئی عہد نہیں کیا۔ مگر تم نے بڑا کام کیا، اور نہ جانے کتنی مشکلوں کو حل کر دیا ہے، اور نہ جانے کتنے خطروں سے مجھ کو بچالیا ہے ورنہ دنیا دیکھ لیتی کہ میں واقعی اتنا بزدل نہیں ہوں جتنا کہ پاشا نے سمجھ لیا ہے۔ ان کا "کنیز بچہ" بھی کچھ جوہر اپنے اندر پوشیدہ رکھتا ہے۔ اور ضرورت کے وقت وہ کارنامے دکھا سکتا ہے۔ جن کی وہ امید نہیں رکھتے۔ حیرت نہ کرو آج یہی خطاب مجھے دیا گیا ہے۔ مگر مجھے اس کا مطلق غم نہیں۔ ہاں اس کا خیال رکھنا کہ ہمارے "پیمانِ وفا" کا علم کسی دوسرے کو نہ ہو۔ میں عثمان بے سے خوب واقف ہوں جس سے تم منسوب کی گئی ہو۔ آج تک کسی مسلمان نے اس سے زیادہ ناجائز اور ممنوع طریقوں سے دولت و عزت نہیں حاصل کی ہے۔ اس کی بے ایمانی، مکاری، خودغرضی اور نفس پرستی کے ثبوت میں شاید اتنا کہہ دینا کافی ہو کہ اس کا وطن اگر یپو ہے اور سب جانتے ہیں کہ یہودی بھی باشندگانِ

اگر یپو سے زیادہ کمینے نہیں ہوسکتے۔ ہاں تو ہمارے "میثاقِ محبت" کی خبر پاشا کو بھی نہ ہونے پائے۔ باقی باتیں آنے والا وقت خود بتادے گا۔ عثمان بے سے معاملہ فہمی میں کرلوں گا۔ ایسے نازک اور فیصلہ کن وقت کے لیے میرے رفیق موجود ہیں۔ زلیخا! تم نے مجھے بے نقاب نہیں دیکھا ہے۔ میں بظاہر جو کچھ معلوم ہوتا ہوں وہ نہیں ہوں۔ میرے بھی مددگار ہیں۔ اسلحہ کا استعمال میں بھی جانتا ہوں، انتقام کا جذبہ میرے دل میں بھی ہے۔"

زلیخابت بنی سلیم کی باتیں سن رہی تھی۔ آخری جملے سن کر اس کو تشویش ہوئی۔ اور اس نے کہا "تم کو بے نقاب نہیں دیکھا ہے۔ اس کے کیا معنی؟ سلیم! تم کو ہوا کیا ہے؟ تم یکایک اس طرح بدل کیوں گئے ہو۔ ابھی صبح کے وقت کیسے شگفتہ اور بے فکر نظر آرہے تھے۔ مگر اس وقت اپنی ذات سے بھی اجنبی معلوم ہو رہے ہو! میری الفت کا علم تو تم کو پہلے بھی تھا۔ تمہارے قریب رہنا، تمہاری صورت دیکھنا، تمہاری باتیں سننا میری زندگی کی سب سے بڑی مسرت رہی ہے، رات سے مجھ کو صرف اس لیے دشمنی ہے کہ ظالم تم کو مجھ سے جدا کر دیتی ہے۔ اس سے زیادہ راحت میرے لیے اور کیا ہوسکتی ہے کہ اچھے برے وقت میں تمہاری شریک رہوں۔ تمہاری خوشی کو خوشی اور تمہارے رنج کو رنج سمجھوں۔ میں اس سے زیادہ کر سکتی ہوں اور تم اس سے زیادہ مجھ سے کیا امید رکھتے ہو؟ لیکن سلیم ایک بات میری سمجھ میں نہیں آئی، ہم اپنے عہد و پیمان کو راز کیوں رکھیں؟ اور "مددگار" اور "اسلحہ" سے تمہارا کیا مطلب تھا؟ آج اگر اباجان کو ہماری محبت کا علم ہو جائے تو یقین مان لو ان کا قہر و عتاب بھی مجھے اپنے قول سے نہ پھیر سکے گا۔ ان کو اس معاملہ میں مداخلت کرنے کا حق ہی کیا ہے؟ ہر شخص محبت کرنے کے لیے آزاد پیدا کیا گیا ہے۔ اس بات کو چھپائے ہوئے نہ جانے کیوں ایسا معلوم ہوتا ہے کہ میں کوئی بڑا گناہ کر رہی ہوں۔"

زلیخا اپنی بات ختم بھی نہ کرنے پائی تھی کہ چوبدار کی آواز نے جعفر پاشا کی واپسی کا اعلان کیا۔ سلیم نے کسی قدر گھبرا کر کہا "بس اب وقت نہیں۔ فوراً اپنے محل میں واپس جاؤ ابا جان سے میں باتیں کرلوں گا۔ اس وقت ان کو سرکاری کاغذات پر دستخط کرنا ہے اور جو پریشان کن خبریں صوبہ جات ڈینیوب کے متعلق موصول ہوئیں ہیں ان کے لیے یہ طے کرنا ہے کہ کیا کارروائی کی جائے، اور کون سی تدابیر اختیار کی جائیں۔ لیکن جب ایک گھڑی رات گزر جائے اور لشکر گاہ میں سونے کا وقت ہو تو میرا انتظار کرنا۔ میں حرم میں چھپ کر آؤں گا۔ میں تم کو ہمراہ لے کر پائیں باغ میں چلوں گا جہاں ہم بلا کسی کی مداخلت کے اپنی آئندہ زندگی کے متعلق گفتگو کر سکیں گے، اور آزادی کے ساتھ ایک دوسرے کے دل کی باتیں سن سکیں گے۔ اس وقت تم اپنے سلیم کو بے نقاب دیکھو گی اور تب معلوم ہو گا کہ میں بظاہر جو کچھ معلوم ہوتا ہوں وہ ہوں نہیں، ڈرنے کی وجہ نہیں۔ پیاری زلیخا! مجھ پر بھروسہ رکھو اور شک وشبہ کو دل میں راہ نہ دو۔"

"تم سے شک وشبہ! سلیم یہ میں کیا سن رہی ہوں؟ تمہارے دل میں یہ خیال۔۔۔"

"اچھا دیر نہ کرو" سلیم نے بات کاٹ کر کہا "اپنے محل میں چلی جاؤ۔ میں رات کو آؤں گا۔ اس کا پورا انتظام کر چکا ہوں۔ حرم کی کنجی میرے پاس ہے اور ہارون اور دوسرے نگہبانوں کو انعامات کے لالچ نے میرے قابو میں کر دیا ہے۔ اس وقت میری جو داستان سنو گی وہ دلچسپی سے خالی نہ ہو گی۔"

رات کی تاریکی کائنات پر مسلط ہو چکی ہے۔ ہر چیز آرام وسکون کی طرف مائل ہے لیکن بحیرۂ یونان کی لہروں میں آج جیسی شورش ہے وہ اس منحوس طوفانی رات کی یاد تازہ کر رہی ہے جب کہ محبت بھی اپنے دم بھرنے والے کو بے رحم اور سفاک موجوں سے نہ بچا سکی۔ آرزوئے دید اور تمنائے وصال کی امنگیں مقابلہ کرتی تھیں۔ محبت اپنا منتر پڑھتی

رہی، مگر ہیرو کا دلدار ساحل تک سلامت نہ پہنچ سکا۔ وہ بھی کیا رات تھی۔ بلہ لٹیاندر آفاتِ ارضی وسماوی سے بے خبر، طوفانِ ابروباد سے بے پرواہیرو سے ملنے کی دھن میں چل کھڑا ہوا۔ طرح طرح کی بدشگونیاں اس کو روکتی رہ گئیں۔ بادل کی برج، بجلی کی چمک۔ سمندر کا خروش یہ سب دہشت انگیز آثار اس کے دل میں کوئی ہراس پیدا نہ کرسکے۔ دلربائے سستوث کے تصور سے مبہوت وبیخود لیٹاندر نے اپنے کو سمندر کے حوالہ کر دیااور پھر کبھی ہیروتک نہ پہنچ سکا۔ ہیرو کی آنکھیں انتظار میں پتھرا گئیں وہ اپنے دروازہ پر مشعل لیے دعائیں مانگتی رہ گئی مگر اپنے جانباز کی صورت پھر نہ دیکھ سکی۔ ہزاروں برس گزر گئے ہیں، داستان پرانی ہوچکی ہے لیکن محبت اب بھی ایسے کرشمے دکھا سکتی ہے اور پُرارمان دلوں کو ابھار کر دنیاومافیہا سے اسی طرح بے خبر بناسکتی ہے۔

چاند کی دیوی اب تک روپوش ہے، ہر طرف اندھیرا چھایا ہوا ہے۔ مگر زلیخا کی خواب گاہ میں ابھی تک شمع جل رہی ہے۔ جو اس بات کی دلیل ہے کہ زلیخا جو شیر خوار بچوں کی طرح سویرے سوجانے کی خوگر تھی آج کسی وجہ سے اب تک جاگ رہی ہے۔ وہ سوفہ پر بیٹھی ہوئی ہے۔ ہاتھ میں عنبر کی تسبیح ہے، اور قریب ہی اس کی ماں کا دیا ہوا تعویذ رکھا ہوا ہے جس میں زمرد جڑے ہوئے ہیں اور جس پر آیت الکرسی کندہ ہے۔ ایک طرف سنہرے جلی حرفوں میں لکھا ہوا قرآن مجید رکھا ہوا ہے۔ سامنے فارسی غزلوں کی ایک بیاض کھلی ہے، اور اس کے ہاتھوں میں اس کا بربط ہے جس کی طرف وہ متوجہ نہیں معلوم ہوتی۔ میز پر شمع کے گرد چینی گلدانوں میں رنگ برنگ کے پھول آراستہ ہیں۔ جن کی مہک عطروگلاب کی مہک سے مل کر ساری خوابگاہ کو ایک مدہوش کر دینے والی فضا سے معمور کر رہی ہے۔ یہ سب کچھ ہے۔ زمین فردوس بنی ہوئی ہے۔ لیکن زلیخا متفکر اور بے چین نظر آرہی ہے۔ اس کی آنکھیں سوئے در لگی ہیں۔ اس کے کان کسی کی آہٹ کے

منتظر ہیں اور وہ پہلو پر پہلو بدل رہی ہے۔

اتنے میں سلیم سیاہ لبادہ میں اپنا جسم لپیٹے ہوئے باغ کے پھاٹک سے داخل ہوا۔ زلیخا نے جھروکہ سے اس کو اپنے محل کی طرف بڑھتے ہوئے دیکھا اور اس کے دل کی دھڑکن تیز ہوگئی۔ سلیم نے آتے ہی اشارہ کیا۔ اور وہ اس کے ساتھ باغ کے اس گوشہ کی سمت چلی جہاں وہ اکثر بیٹھ کر قرآن کی تلاوت کیا کرتی تھی اور بہشت کی بابت سوچا کرتی تھی۔ آج اس نے اس کنج میں کچھ تبدیلیاں محسوس کیں۔ اس نے خیال کیا کہ ممکن ہے رات کی تاریکی کی وجہ سے وہ صحیح اندازہ نہ کر سکی ہو۔ لیکن جب ایک کونے میں کچھ ایسے ہتھیار چمکتے ہوئے نظر آئے جن سے اس کی آنکھیں آشنا نہ تھیں تو وہ چونک پڑی۔ ان ہتھیاروں میں ایک تلوار تھی جس پر کچھ سرخ دھبے تھے اور کسی خونی داستان کی حامل معلوم ہوتی تھی۔ بنچ پر ایک پیالہ رکھا ہوا تھا جس میں شربت کی سی کوئی دوسری چیز تھی۔ زلیخا نے اپنے دل میں سوچا "آخر اس کے کیا معنی ہیں؟" اس نے مڑ کر دیکھا اور اس کے منھ سے بے ساختہ نکل گیا "کیا یہ سلیم ہے؟"

سلیم نے لبادہ اتار دیا تھا۔ اور اب زلیخا نے دیکھا کہ صافہ کی جگہ اس کے سر پر ایک سرخ شال لپیٹی ہوئی تھی۔ اس کی کمر میں آج مرصع خنجر نہیں تھا جس کو وہ ہمیشہ لٹکائے رکھتا تھا۔ اس کی جگہ پستول تھا اور اس کے کمربند میں ایک قرولی تھی۔ اس کا لبادہ سفید تھا جس کو زلیخا نے پہلے کبھی نہ دیکھا تھا، اور اس کے سینہ سے ایک سپر بندھی تھی۔ سلیم آج ایک ترکی ملاح کے لباس میں تھا۔ اس نے زلیخا کی گھبراہٹ دیکھ کر کہا:

"میں نے کہہ دیا تھا کہ تم نے مجھے بے نقاب نہیں دیکھا ہے۔ زلیخا میرا کہنا جھوٹ نہ تھا۔ اب اصلیت کو چھپانا بیکار ہے۔ میں یہ کبھی گوارا نہیں کر سکتا کہ تم عثمان بے کی بیوی بنو اگر تم نے اس بلند آہنگی کے ساتھ میری محبت کا دعویٰ نہ کیا ہوتا تو میں ابھی اپنا راز تم پر

فاش نہ کرتا۔ میں اس وقت اپنی محبت جتانا نہیں چاہتا۔ لیکن تم سے یہ قول لینا چاہتا ہوں کہ تم کسی دوسرے سے شادی نہیں کروگی۔ زلیخا! تمہیں معلوم ہونا چاہیے کہ میں واقعی تمہارا بھائی نہیں ہوں۔"

زلیخا کا دل دھڑکنے لگا اور اس نے خوفزدہ ہو کر پوچھا "کیا؟ کیا تم میرے بھائی نہیں ہو! نہیں نہیں تم مذاق کر رہے ہو، یا اللہ! کیا میں دنیا میں بے یارومددگار چھوڑ دی گئی ہوں۔ میں کیسی بدبخت ہوں۔ سلیم! اب تم مجھ کو نہیں چاہو گے؟ میرے دل میں پہلے ہی سے منحوس خیالات آرہے تھے۔ نہیں مجھ کو اپنی بہن زلیخا، اپنی جان نثار سمجھو۔ تم مجھ کو یہاں شاید قتل کرنے لائے ہو۔ اگر یہی ہے تو میرا سینہ حاضر ہے۔ جی بھر کے ارمان نکال لو۔ اب جب کہ میں تمہارے لیے کوئی چیز نہیں رہی تو میرا مر جانا ہی بہتر ہے۔ میرا باپ تمہارا دشمن ہے اور تم اپنا انتقام لینا چاہتے ہو۔ لیکن اپنی اگلی محبت کا خیال کرو۔ اگر میں تمہاری بہن نہیں ہوں تو مجھے اپنی کنیز بنالو اور میری جان چھوڑ دو۔

"میری کنیز زلیخا!" سلیم نے کانپتی ہوئی آواز میں کہا "نہیں یہ نہ کہو۔ میں تمہارا غلام ہوں۔ اس طرح سراسیمہ نہ ہو تمہاری زندگی اب بھی میری زندگی سے وابستہ ہوگی۔ میں کعبہ کی قسم کھا کر کہتا ہوں کہ میں تمہارا ہوں۔ اس خیال سے اپنے دل کو تسکین دو۔ اور صبر کے ساتھ انتظار کرو۔ یہ سچ ہے کہ میں تمہارے لیے ایک نئی چیز ہو گیا ہوں اور ممکن ہے نئی صورتِ حال سے موانست پیدا کرنے میں تم کو کچھ وقت محسوس ہو۔ مگر یہ یاد رہے کہ میں اپنا عہدِ رفاقت بھولا نہیں ہوں۔ اگرچہ تمہارا باپ میرا جانی دشمن ہے لیکن میرا باپ دنیا میں اس کا سب سے بڑا بہی خواہ تھا۔ جس طرح میں تمہارا ہوں۔ جعفر نے اس کے ساتھ بیوفائی کی اور اس کو قتل کر ڈالا۔ ڈرو نہیں میری پوری داستان غور سے سنو۔ ہاں تو تمہارے باپ نے مجھ کو بچہ سمجھ کر زندہ چھوڑ دیا اور اپنے حرم میں میری پرورش

کی۔ کچھ اس لیے نہیں کہ اس کو مجھ سے محبت تھی۔ بلکہ جس طرح قابیل نے اپنے کمسن بھتیجہ کو نہیں مارا اسی طرح جعفر نے بھی مجھ معصوم کا خون اپنی گردن پر نہیں لیا۔ میں اسی کے زیر نگرانی پلا اور اسی کو اپنا باپ سمجھتا رہا۔ میں ایک مدت تک اسی دھوکہ میں رہا کہ میں جعفر پاشا کا بیٹا ہوں۔ اف! انتقام کی آگ سے پھنکا جاتا ہوں۔ مگر صرف تمہارے خیال سے ابھی کچھ نہ کروں گا۔ اگرچہ اب میرا اس گردونواح میں رہنا خطرہ سے خالی نہیں۔ خیر اب یہ سنو کہ جعفر نے میرے باپ کا کام کیسے تمام کیا۔ مخاصمت کی ابتدا کیونکر ہوئی اور جعفر نے میرے باپ عبد اللہ کو کیوں مار ڈالا؟ اس کا مجھے صحیح علم نہیں۔ جہاں دولت و حکومت کا معاملہ ہوتا ہے وہاں خفیف سے خفیف تحریک بھائی بھائی میں خون کرا دینے کے لیے کافی ہوا کرتی ہے۔ امور سلطنت میں میرے باپ کی باتیں زیادہ مانی جاتی تھیں۔ میدان کارزار میں اس کی دھاک زیادہ بیٹھی تھی۔ شاید اس نے تمہارے باپ کے دل میں بغض وحسد پیدا کر دیا ہو۔ اس کی اس وقت تحقیق کرنا بے کار ہے۔ میں صرف یہ بیان کرنا چاہتا ہوں کہ میرا باپ مارا کیسے گیا۔ یہ اس زمانہ کا واقعہ ہے جب کہ پسوان اغلو ددین کا مشہور باغی آستانہ عالیہ کو شکست دے رہا تھا اور کوئی اس کے مقابلہ کی تاب نہ رکھتا تھا۔ جعفر پاشا اور عبد اللہ پاشا نے اپنی فوجوں کو متفق کر کے اس مہم کو سر کرنے کا بیڑا اٹھایا اور وہیں جفعر نے خدمت گار کو ایک کثیر رقم بطورِ انعام دے کر میرے باپ کو قہوہ میں زہر دلوایا۔ اور اس نے اپنے بھائی پر شبہ بھی نہیں کیا۔ زلیخا! اگر تم کو یقین نہ ہو تو ہارون کو بلا کر جو کچھ کہہ رہا ہوں اس کی تصدیق کر لو۔ اس کے بعد پسوان کی بیخ کنی نہیں ہو سکی۔ کچھ دنوں کے لیے وہ کمزور ضرور ہو گیا تھا۔ اب جعفر نے میرے باپ کی جاگیر کو خود لے لیا۔ اس کے لیے اس کو بڑی رقم لٹانی پڑی۔ یہ میری سمجھ میں نہیں آتا کہ اس نے مجھے کیوں چھوڑ دیا۔ شاید اس لیے کہ میں اس وقت ایک معصوم اور

بے ضرر بچہ تھا۔ یا اس لیے کہ اس کے کوئی بیٹا نہ تھا اور مجھے اپنا بیٹا بنانا چاہتا تھا۔ لیکن وہ اپنی کینہ پرور طبیعت سے مجبور رہے۔ وہ کبھی اس حقیقت کو بھول نہ سکا کہ میں عبداللہ کی پشت سے ہوں اور میں بھی اپنے باپ کے خون کو نہیں بھول سکا ہوں۔"

سلیم اپنی زبان تر کرنے کے لیے رک گیا۔ زلیخا ٹکٹکی باندھے اس کو دیکھتی رہی۔ اس نے پھر سلسلہ شروع کیا:

"خود تمہارے باپ کے محل سرا میں اس کے دشمن موجود ہیں۔ زلیخا! سب نمک خوار وفادار اور خیر خواہ نہیں ہوا کرتے۔ صرف کوئی ابھارنے والا ہونا چاہیے اور جعفر کی زندگی کا خاتمہ ہے، لیکن اس خونیں واقعہ سے ہارون کے سوا کوئی دوسرا واقف نہیں۔ اس نے عبداللہ کی حرم سرا میں پرورش پائی ہے۔ عبداللہ کی موت کے بعد تمہارے باپ کی حرم سرا میں مامور ہوا۔ وہ بے چارہ غلام اپنے آقا کا انتقام کیا لے سکتا ہے؟ جب اس نے دیکھا کہ میری زندگی خراب کی جارہی ہے اور میں ناکارہ بنا کر رکھ دیا گیا ہوں تو اس سے نہ رہا گیا اور ایک دن مجھے تنہائی میں لے جاکر ابتدا سے انتہا تک جو واقعات گزرے تھے بیان کر دیے۔ اور مجھے معلوم ہوا کہ میں تمہارا بھائی نہیں ہوں۔ زلیخا! یہ سب باتیں تمہاری سمجھ میں نہیں آتیں۔ تم اس طرح ساکت ہو گویا تم پر بجلی گری ہے۔ مگر تم کو اس سے زیادہ خوفناک واقعات سننے اور دیکھنے کے لیے تیار رہنا چاہیے۔ اگرچہ تمہارے ننھے اور نازک دل کو دھڑکاتے ہوئے مجھے بڑا دکھ ہو رہا ہے لیکن کیا کروں مجبور ہوں۔ تم کو دھوکہ میں رکھنا نہیں چاہتا۔ تم میرا لباس دیکھ کر ششدر ہو۔ مجھے اکثر یہی لباس پہننا پڑتا ہے۔ تم کو معلوم ہونا چاہیے کہ تمہارا چاہنے والا جس کے ساتھ تم نے محبت نباہنے کا عہد کیا ہے بحری قزاقوں کے ایک گروہ کا سرغنہ ہے۔ تمہاری دہشت بے جا نہیں۔ مجھے یاد ہے کہ جب تم سے ان قزاقوں کی غارت گری اور کشت و خون کے حالات بیان کیے جاتے

تھے تو خوف و ہراس سے تمہاری کیا حالت ہوتی تھی، اور آج خود تم کو ان سے سابقہ پڑ رہا ہے۔ لیکن !ڈرو نہیں اپنے سلیم پر بھروسہ رکھو۔ کوئی قزاق میرے حکم سے سرتابی نہیں کر سکتا اور جب تک میرے دم میں دم ہے تم کو کوئی گزند نہیں پہنچ سکتا۔ تم میری ملکہ بنو اور سب پر حکومت کرو۔ اچھا اب یہ سنو کہ میں اس حالت کو کیوں کر پہنچا۔ میں یہ کہہ چکا ہوں کہ ہارون کو اس کا بڑا صدمہ تھا کہ میں سپہ گری اور میدانِ کارزار کے اصول و قواعد سے بالکل ناواقف رکھا گیا ہوں حالانکہ ترکی امیرزادوں کو سب سے پہلے جو چیز سکھائی جاتی ہے وہ ہتھیاروں کا استعمال ہے۔ ہارون دیکھ رہا تھا کہ میں کاہل، بزدل اور نامرد بنایا جا رہا ہوں۔ وہ اس کو گوارا نہیں کر سکتا تھا۔ چنانچہ جب جعفر مجھے حرم سرا کی چہار دیواری کے اندر اس کی نگرانی میں چھوڑ کر کسی مہم پر جاتا تو یہ نمک حلال اور وفادار نوکر مجھے آزاد کر دیتا۔ اور میں جعفر کی واپسی تک دنیا کے تجربات حاصل کرتا پھرتا۔ اسی طرح میں نے نہ صرف سپہ گری کا علم سیکھا، بلکہ مجمع الجزائر کی پوری سیر بھی کر لی۔ میں ایک اندلسی مسلمان کے ساتھ جزروں کے سفر کو روانہ ہو جایا کرتا تھا اور دنیا کے گرم و سرد آزمایا کرتا تھا۔ اسی سفر کے سلسلہ میں ان قزاقوں سے شناسائی ہوئی۔ اور رفتہ رفتہ میں ان کا حاکم بن گیا۔ یہ کہنا درست نہیں کہ قزاق کسی قانون کے پابند نہیں۔ البتہ وہ عام کے قوانین کی پروا نہیں کرتے۔ وہ ہیئت اجتماعی کے قائم کیے ہوئے نظام کو نہیں تسلیم کرتے۔ لیکن اس کے یہ معنی نہیں کہ ان میں کوئی نظام نہیں ہوتا۔ سب کے سب ایک سردار کے ماتحت ہوتے ہیں جو ان کے لیے قواعد و قوانین منضبط کرتا ہے اور اگر ان میں سے کوئی شخص خلاف قانون کوئی حرکت کرے تو ان کو مناسب سزا دے سکتا ہے۔ میرا منصب یہی ہے۔ میں ان کے جھگڑے طے کرتا ہوں، ان کی اصلاح و بہبود کی تدبیریں سوچتا ہوں اور مال غنیمت کی تقسیم کرتا ہوں اس کے صلے میں مجھے مال کا سب سے بڑا حصہ

ملتا ہے۔ زلیخا! خدا نے میرے پاس جو دولت جمع کی ہے کسی بے، یا پاشا نے خواب میں بھی نہیں دیکھی ہو گی۔ میں یہ سب تم پر سے صدقہ کر دوں گا۔ تم میری ہمدم و ہمراز بنو۔ میں اپنی زندگی میں صرف یہی ایک کمی پا رہا ہوں۔ مجھے تمہاری ضرورت ہے۔ بہر حال سوچ سمجھ کر جواب دو۔ میرے ساتھی ساحل پر کشتی لیے انتظار کر رہے ہیں۔ تم چلو اور میری کشتی کو آج اپنی نئی برکتوں سے معمور کر دو۔ تمہارے لیے میں نے سرسبز و شاداب جزیرے میں ایک محل تیار کرایا ہے جس کے مقابلہ میں جعفر کی حرم سرا ہیچ معلوم ہو گی۔ تم دیکھو گی تو اس کو واقعی فردوس پاؤ گی۔ زلیخا! اگر تم میرے پہلو میں آ جاؤ تو میں دنیا کا بڑے سے بڑا کام انجام دے سکتا ہوں۔ اور پھر یہ نہ سمجھو کہ تمہاری زندگی آفتوں اور مصیبتوں میں کٹے گی۔ نہیں، تمہارے لیے تمہارا سلیم دنیا کی صعوبتوں کا مقابلہ کر کے بہترین سامانِ عیش مہیا کرے گا اور تم اپنے محل میں بلاؤں سے محفوظ رہو گی۔ تم شاید اس نئی زندگی کو گناہ و معصیت کی زندگی سمجھو۔ لیکن حقیقت یہ ہے کہ جب تک دنیا میں زبردست اور زیر دست امیر اور فقیر، سرمایہ دار اور مزدور، چھوٹے اور بڑے کا امتیاز باقی ہے، زندگی گناہ و معصیت کے دھبوں سے پاک نہیں رہ سکتی۔ تم اپنے باپ کی زندگی پر غور کرو اور انصاف کے ساتھ بتاؤ کہ اس میں اور قزاقوں کی زندگی میں کیا فرق ہے؟ صرف نوعیت کا۔ ورنہ اصل میں دونوں ایک ہیں۔ دنیا کی ہر قوم کا، ہر قوم کے ہر فرد کا، اب تک یہی شیوہ رہا ہے، زبردست کا ہمیشہ بول بالا رہا ہے۔ لیکن زلیخا! اب وقت زیادہ نہیں جلد جواب دو۔ "بس ہاں" کر دو، اور ہم اپنی کشتی میں روانہ ہو جائیں۔ پھر لوگ تعاقب کرتے رہ جائیں گے۔ مگر ہم ان کی گرفت سے باہر ہوں گے۔ کل عثمان بے تمہارے ساتھ شادی کرنے آئے گا اور اپنا حق لے کر چلا جائے گا۔ یعنی تم کو نہیں پائے گا۔ بولو زلیخا میں تمہارے فیصلہ کا منتظر ہوں۔"

سلیم ہمہ تن انتظار بن گیا۔ زلیخا تھوڑی دیر تک اس کو آنکھیں پھاڑ پھاڑ کر دیکھتی رہی۔ آخر کار جب اس کو یقین ہو گیا کہ جو کچھ وہ دیکھ رہی ہے خواب نہیں بلکہ ایک سنگین حقیقت ہے تو اس کا جمود ٹوٹا، اور اس کی قوتِ احساس عود کر آئی۔ اب وہ اس قابل ہوئی کہ سلیم کی باتوں کا جواب دے سکے۔ لیکن اس کے ہونٹھ ملنے بھی نہ پائے تھے، اس کی نگاہیں سلیم کی منتظر نگاہوں سے اچھی طرح مل بھی نہ سکی تھیں کہ باغ کے اندرونی دروازہ پر کچھ روشنی سی نظر آئی اور پھر پے بہ پے مشعلیں نمودار ہونے لگیں۔ زلیخا گھبراہٹ میں مشکل سے اتنا کہہ سکی "بھاگو بھاگو۔ تم اب میرے لیے بھائی سے بھی زیادہ عزیز اور محبوب ہو۔" اتنی دیر میں سارا باغ مشعل برداروں سے بھر گیا۔ اور روشنی میں بے نیام تلواریں بجلی کی طرح چمکتی ہوئی دکھائی دیں۔ جعفر کو پتہ چل گیا تھا کہ زلیخا آج خلاف معمول محل چھوڑ کر سلیم کے ساتھ تنہائی میں کچھ راز کی باتیں کر رہی ہے۔ تو کیا "اس گنج محبت" میں سلیم کا مزار تیار ہونے والا تھا۔

سلیم کے تیور سے ہمت و استقلال کے آثار نمایاں تھے۔ وہ نہ گھبرایا۔ نہ اپنی جگہ سے ہٹا۔ معلوم ہوتا تھا۔ جعفر سے بھاگنا وہ انتہائی بزدلی سمجھتا ہے۔ اس نے زلیخا کو آغوش میں لے کر کہا "جس بات سے میں ڈر رہا تھا وہ آ گئی" زلیخا کے ہونٹھ چوم لیے اور پھر کہا "یہ آخری بوسہ ہے۔ مگر شاید میرے ساتھیوں کو ان مشعلوں سے خطرناک حالت کا علم ہو جائے اور وہ ہماری مدد کو پہنچ جائیں۔ اس وقت میں یکہ و تنہا ان سے قسمت آزمائی کروں گا۔" سلیم تن بہ تقدیر کنج سے نکل آیا اور پستول کی آواز سے آنے والے خطرہ کی قزاقوں کو اطلاع دی۔ جب اس کو کوئی جواب نہ ملا تو اس نے مایوسی کے لہجہ میں زلیخا سے کہا "شاید وہ اس قدر فاصلہ سے آواز نہیں سنتے، اور اگر وہ سن کر چل کھڑے ہوئے ہیں تو جب تک وہ یہاں پہنچیں گے میں اپنی جان کھو چکوں گا۔ خیر آج میں اپنے باپ کی تلوار کا

جوہر دکھالوں زلیخا" خدا حافظ !" تم یہیں رہنا۔ یہاں سے باہر نہ نکلنا۔ کہیں غلطی سے کوئی گولی تم کو نہ لگ جائے۔ کیا تم اپنے باپ کے لیے ڈر رہی ہو؟ اطمینان رکھو۔ اگرچہ اس نے میرے باپ کو زہر دیا اور میری زندگی کو غارت کیا، مگر میں اس کو بچانے کی کوشش کروں گا اور یہ تمہارے اور صرف تمہارے خیال سے۔"

سلیم یہ کہہ کر اپنے دشمنوں پر ٹوٹ پڑا اور پہلے وار میں جتنے زد میں آئے سب کے سر جسم سے الگ اچھلتے ہوئے دکھائی دیے۔ لیکن آخر کار دشمنوں کا پورا گروہ ایک ساتھ اس پر حملہ آور ہو گیا اور وہ پہلو پر پہلو بچاتا ہوا باغ کے دروازہ تک پہنچ گیا اور پھر ساحل کی طرف اس امید میں بھاگا کہ شاید اس کے لیے کمک آرہی ہے۔ اس نے کشتی کو آتے ہوئے دیکھا مگر وہ اب بھی بہت دور تھی اور وقت پر اس تک نہ پہنچ سکتی تھی۔ کشتی والوں نے اپنے سردار کو دیکھ لیا۔ صورت حال کا اندازہ کر کے انھوں نے تلواریں نیام سے نکال لیں اور سمندر میں کود پڑے۔ سلیم امید و یاس کی کشمکش میں مبتلا وار پر وار بچا رہا تھا۔ ابھی تک اس کو کوئی کاری زخم نہ لگا تھا۔ اس نے ایک جست لگائی اور ساحل تک پہنچ گیا۔ وہ اب اپنے رفیقوں کے قریب تھا، لیکن جب وہ پانی کے اندر کشتی کے نزدیک پہنچا تو یہ دیکھنے کے لیے کہ زلیخا کہاں ہے اور اس کی کیا حالت ہے سلیم پیچھے مڑا۔ معاً ایک گولی اس کے سینہ سے پار ہو گئی۔ اور سلیم گردوپیش سے بے خبر ہو گیا۔ یہ جعفر کی گولی تھی جو اپنا کام کر گئی۔

صبح کا دھندلکا نمودار ہونے لگا، بادل چھٹنے لگے اور سمندر کی شورش کم ہو گئی، آفتاب کی صبیح کرنوں نے اپنا رنگ جما لیا۔ عثمان بے اپنا جلوس لیے ہوئے پہنچا تو اس کی حیرت کی انتہا نہ تھی۔ جب اس نے دیکھا کہ پائیں باغ میں بجائے جشنِ طرب کے ہر طرف کشت و خون کے آثار ہیں۔ جابجا پاؤں کے نشان اور خون کے دھبے اس طرح موجود تھے گویا چند

گھنٹے پیشتر یہاں پورا کارزار برپا رہا ہے۔ اسی کے ساتھ کہیں ٹوٹی ہوئی مشعلیں نظر آئیں، کہیں تلواروں کے ٹکڑے اور کہیں خون میں نہائی ہوئی لاشیں۔ عثمان بے کی عقل کام نہ کرتی تھی، اور وہ سوچ رہا تھا کہ آخر یہ ماجرا کیا ہے۔ اتنے میں جعفر کی حرم سرا سے ماتم کی صدائیں سنائی دیں۔ اس کو تشویش ہوئی، اور وہ جلد جلد قدم اٹھاتا ہوا حرم سرا کے دروازے تک پہنچا۔ جہاں کنیزیں ماتمی لباس پہنے ہوئے سر پیٹ رہی تھیں۔ عثمان بے کے پاؤں کے نیچے سے زمین نکل گئی۔ زلیخا اس کی دنیا بسانے سے پہلے زمین کے اندر اپنی دنیا بسا چکی تھی۔ جب سلیم اور اس کے ساتھی ایک ایک کر کے موت کے گھاٹ اتر گئے اور جعفر کی فتح ہوئی تو اس نے زلیخا کی تلاش شروع کی۔ اس کے سپاہی ڈھونڈتے ڈھونڈتے اس کنج میں بھی پہنچے جہاں سلیم نے زلیخا کو چھوڑا تھا۔ زلیخا تو ملی نہیں، اس کی لاش البتہ ملی، اور جعفر کی ساری برہمی نے جامہ دری اور نوحہ گری کی صورت اختیار کرلی۔ واللہ اعلم اس کی موت کا سبب کیا ہوا۔ شاید سلیم کو لقمۂ اجل ہوتا ہوا دیکھ کر اس کا دل بیٹھ گیا اور صدمہ سے جانبر نہ ہو سکی۔

زلیخا اسی کنج میں دفن کی گئی جہاں وہ اکثر سلیم کے ساتھ سیر کیا کرتی تھی اور جہاں اس ہولناک رات کو سلیم نے اس کے ہونٹوں پر محبت کی آخری مہر ثبت کی تھی۔ کہا جاتا ہے کہ اس کے مزار کے کنارے صنوبر کا جو درخت ہے اس پر خزاں کی غارت گریوں کا کوئی اثر نہیں ہوتا۔ جو پھول اس کے مزار پر کھلتے ہیں وہ کبھی مرجھاتے نہیں۔ وہاں کی گھاس ہمیشہ ہری رہتی ہے اور ایک خوش الحان چڑیا ہر رات کو صنوبر پر بیٹھ کر ایسے درد انگیز ترانے سناتی ہے کہ سننے والوں کے دل دہل جاتے ہیں۔ بلبل کی نوا سنجیوں میں بھی یہ سوز و گداز نہیں۔ سب سے زیادہ حیرت کی بات یہ ہے کہ باوجود پیہم کوششوں کے کوئی اس کو دیکھ نہ سکا۔ بعض سننے والوں کا بیان ہے کہ یہ عجیب و غریب چڑیا زلیخا کا نام

لے لے کر پکارتی ہے، اس لیے اکثر لوگوں کا خیال ہے کہ سلیم جس کی لاش کو تجہیز و تکفین بھی نصیب نہیں ہوئی تھی اب تک زلیخا کی محبت میں بے قرار اور سر گرداں ہے۔ وہی ہے جو روز رات کو زلیخا کی قبر پر ماتم کیا کرتا ہے اور یہ زلیخا کا محبت بھرا دل ہے جو صنوبر اور پھولوں کو ہمیشہ شگفتہ رکھتا ہے۔

***

۴

سبز پری

شاہد شاعر تھا، ادیب تھا، نقاد تھا، فلسفی تھا، غرض کہ بہت کچھ تھا لیکن آج تک وہ اپنے کو منظر عام پر نہیں لایا، دنیا کو نہیں معلوم ہو سکا کہ کسی گوشہ میں کوئی شاہد بھی ہے؟ جو میر و درد کے انداز کے شعر کہتا ہے، جو انگریزی، اردو، فارسی اور ہندی کے شعرا پر بالکل انوکھی تنقیدیں کیا کرتا ہے، جو کانٹ اور ہیگل کے فلسفہ کی گتھیاں بات کی بات میں سلجھا کر رکھ دیتا ہے۔ شاہد کو جاننے والے شاہد سے مرعوب تھے۔ میرا اُس کا ایم-اے تک ساتھ رہا، وہ مجھے بہت عزیز رکھتا تھا۔ ایم-اے کے بعد میں برسرکار ہو گیا اور ایک مدت تک مجھے شاہد کی کوئی ٹھیک خبر نہیں ملی۔ اتنا جانتا تھا کہ اُس نے کہیں نوکری نہیں کی۔ کبھی سنتا کہ آج کل گھر پر بیٹھا مطالعہ میں مصروف ہے، کبھی معلوم ہوتا کہ مبلغین اسلام کی جماعت میں شریک ہو گیا ہے، کبھی سنتا کہ بنارس میں ترک اسلام کیے ہوئے اور قشقہ لگائے بیٹھا ہے، کبھی کیمیا کا سودا ہوتا اور تانبے کو سونا بنانے لگتا۔ بہرحال اس نے نہ جانے کتنی کروٹیں بدلیں مگر کسی کروٹ اس کو قرار نہ ملا۔ کچھ دنوں سے یہ سن کر مجھے تشویش تھی کہ شاہد کے دماغ میں کچھ فتور کی علامتیں رونما ہو چکی ہیں۔ میں اسی فکر میں تھا کہ کسی طرح چل کر اس کو دیکھ آؤں لیکن عرصہ تک اس کی نوبت نہیں آئی۔

میں ایک ضرورت سے رخصت لیے ہوئے اپنے گاؤں پر موجود تھا۔ ایک دن شام

کو میں سڑک پر ٹہل رہا تھا کہ دور سے ایک یکہ آتا ہوا دکھائی دیا۔ قریب آکر یکہ رُکا اور شاہد اُس پر سے کود پڑا۔ میرا دل مارے خوشی کے اچھلنے لگا۔ میں نے دوڑ کر اس کو لپٹا لیا، لیکن شاہد کے تپاک میں فرط محبت کے ساتھ دیوانگی کا ایک شائبہ بھی تھا، اس نے مجھے اس زور سے لپٹایا کہ میری پسلیاں دکھنے لگیں۔ میں نے اس کی صورت کو غور سے دیکھا تو وہ پاگل تو نہیں مگر کسی قدر مخبوط ضرور معلوم ہوتا تھا۔ شاہد نے میری طرف دیکھ کر کہا "کیوں جی احمد! کیا تم بھی مجھ کو پاگل سمجھتے ہو؟" شاہد کی مسترحم آنکھوں میں آنسو بھر آئے تھے۔ میں نے جلدی سے جواب دیا "تم تو واقعی پاگلوں کی سی باتیں کرتے ہو، آخر تم کو پاگل سمجھنے کی وجہ؟" شاہد نے ایک آہ سرد بھر کر کہا "آج پورے ڈیڑھ سال کے بعد یہاں آنا ہوا، نہ جانے کیوں میرا جی چاہا کہ احمد کے گاؤں پر چلو اور جب مجھے یہ معلوم ہوا کہ آج کل احمد رخصت پر ہیں تو میں بے تامل چل کھڑا ہوا۔ ہاں جی احمد! تم کو نہیں معلوم کہ اب سے کئی پشت پہلے میرے مورثوں نے اس جوار میں حکومت کی ہے۔ یہاں سے تھوری دور پر کوئی گاؤں سرواڑ ہے، وہی ہمارا مسکن رہ چکا ہے۔" یہ خبر میرے لیے بالکل نئ تھی۔

رات کے وقت کھانا کھانے کے بعد میں نے شاہد سے کہا "شاہد! تمہاری ساری بے چینیوں کا سبب صرف ایک ہے اور وہ یہ کہ تم نے اب تک کسی کی محبت نہیں کی۔ اگر تم کسی کی محبت نہیں کرسکتے تو کم از کم اب کسی سے شادی کرلو اور اطمینان سے زندگی کے دن کاٹ دو۔"

شاہد نے طنز کے ساتھ ہنس کر کہا "تم کیا جانو کہ میں کسی کی محبت کرتا ہوں یا نہیں؟"

میں نے حیرت سے اس کو دیکھ کر پوچھا "مجھے تو اب تک نہیں معلوم کہ تم کسی کی

محبت بھی کرتے ہو۔ آخر وہ ہے کون؟"

شاہد نے حسرت بھرے لہجہ میں کہا "کیا بتاؤں"

مرا فروخت محبت ولے ندانستم

کہ مشتری چہ کس است ولہائے من چند است

میں نے عاجز ہو کر کہا "ساری عمر اسی شاعری میں بسر کر دو گے۔" شاہد کو جلال آگیا، اس نے تیوریاں چڑھا کر کہا "میں اسی لیے کسی کو اپنے دل کی حالت سے آگاہ نہیں کرتا۔ لیکن خیر! آج میں تم کو بتا ہی دیتا ہوں کہ میں کس کو چاہتا ہوں، مجھے معلوم ہے کہ تم مجھ کو فاترالعقل سمجھو گے، مگر تمہارے سمجھنے سے کیا ہوتا ہے۔ میں جب اب سے دو سال پہلے تمہارے ساتھ تفریح کے لیے علی گڑھ سے یہاں آیا تھا تو میں نے اُس کو یہاں خواب میں دیکھا اور اُس کی صورت کا دیوانہ ہو گیا۔ مجھے نہیں معلوم کہ وہ کون ہے اور کہاں ہے۔ میں اس کو "سبز پری" کہتا ہوں۔ اس لیے کہ وہ سبز لباس میں تھی۔ جب میں بہت بیتاب ہوتا ہوں تو وہ مجھے خواب میں اپنی شکل دکھا جاتی ہے، مجھے اس کے وجود کا اتنا ہی یقین ہے جتنا اپنے اور تمہارے وجود کا۔ میں اس کی جستجو میں نہ جانے کہاں کہاں کی خاک چھان چکا ہوں اور۔۔۔"

شاہد خاموش ہو گیا، وہ کچھ اور کہنا چاہتا تھا کہ شاہد نے مجھ کو اس کے سننے کا اہل نہیں سمجھا۔ مجھے اب یقین ہو چلا کہ اس کے حواس میں کچھ نہ کچھ خلل ضرور ہے۔

شاہد صبح کو تو میرے ساتھ سیر کو نکلتا تھا، لیکن شام کے وقت وہ تنہا نہ جانے کہاں کہاں مارا مارا پھرا کرتا تھا۔ رات کو آٹھ بجے سے پہلے وہ کبھی مکان پر نہیں آیا، قیافہ سے معلوم ہوتا تھا کہ کسی خاص خبط میں مبتلا ہے۔ مگر وہ نہ مجھ سے کچھ کہتا تھا اور نہ شام کی صحرا نوردیوں میں کبھی مجھ کو ساتھ رکھتا تھا۔ ایک ہفتہ اس کو آئے ہوئے ہوا ہو گا، ایک روز

اس نے کہا، "احمد! آج شام کو تم بھی میرے ساتھ چلو، میں تنہا سبز پری کو ڈھونڈتے ڈھونڈتے تھک گیا ہوں، اب تم بھی اس تلاش میں میرا ساتھ دو۔ میں نے رات بھر اس کو خواب میں دیکھا ہے۔" میں نے شاہد کے ساتھ رہنا ضروری سمجھا، اس کی حالت مجھ کو نازک معلوم ہوئی۔

شاہد کے منھ سے سروار کا نام سن کر مجھے سروار سے دلچسپی ہوگئی تھی۔ اس لیے میری تحریک سے یہ طے پایا کہ سروار کی طرف چلا جائے جو میرے گاؤں سے اُتّر دو میل پر تھا۔

گرمی کا موسم تھا، تقریباً چھ بجے شام کو ہم لوگ "کودوانالہ" پر پہنچے۔ "کودوانالہ" ضلع بستی کی مشہور چیز ہے۔ کہا جاتا ہے کہ "مہاتما بدھ" نے اسی کو پار کر کے اپنے شاہی لباس، گھوڑے اور خدمت گار کو ہمیشہ کے لیے رخصت کر دیا تھا۔ اور یہاں سے باقاعدہ تپسیّا کی زندگی شروع کر دی تھی۔

"کودوا" کے اُس پار سروار کی سرزمین تھی۔ نالہ میں پانی زیادہ تھا۔ میں یہ دیکھ ہی رہا تھا کہ کسی طرف نالہ پایاب ہو تو ہم لوگ وہاں اُس کو عبور کریں کہ اتنے میں شاہد یہ کہتا ہوا نالہ میں کود پڑا۔ "آخر میں پا گیا، وہ دیکھو میری سبز پری کھڑی مجھ کو بلا رہی ہے۔" میری نظر اُٹھ گئی۔ میں نے دیکھا کہ ایک بڑی پرانی دیہاتی وضع کی عمارت سامنے ہے اور اس کے دروازہ پر ایک سبز پوش عورت کھڑی ہاتھ کے اشارے سے کسی کو بلا رہی ہے۔

شاہد نالہ کو تیر چکا تھا اور اب اس عورت کی طرف اس طرح بیتابانہ دوڑا جا رہا تھا جس طرح "کوہ ندا" کے گردنشیں "یا اخی" کی آواز پر بے اختیار دوڑتے تھے۔ میں نے مشکل سے چند لمحے تک اس منظر پر غور کیا ہوگا کہ دفعتاً ایک ناقابل بیان خطرہ کے احساس سے مغلوب ہو کر میں بھی نالہ میں کود پڑا اور شاہد کے پیچھے دوڑا۔ لیکن شاہد مجھ سے بہت

پہلے اُس عورت تک پہنچ چکا تھا، اور وہ عورت اس کو لے کر مکان کے اندر غائب ہو گئی تھی۔ میں نے دروازہ کو کھلا ہوا پایا اور بغیر کسی قسم کی ہچکچاہٹ کے مکان کے اندر گھس گیا۔ مکان بہت وسیع تھا۔ میں نے اس کا ایک ایک کونہ چھان مارا، نہ شاہد کو پایا اور نہ کسی اور متنفس کو۔ البتہ میں جس طرف جاتا تھا اُدھر سے ایک اُلوّ نکل کر دوسری طرف کو اُڑ جاتا تھا، یا کوئی لومڑی ادھر سے اُدھر بھاگ جاتی تھی۔ اندھیرا شروع ہو چلا تھا۔ میرے دل میں ایک قسم کی ہیبت پیدا ہوئی۔ آخر کار میں اس پُراسرار عمارت سے باہر نکلا اور اپنے مکان کا راستہ لیا۔ راستہ میں ایک بڈھے سے دریافت کرنے پر معلوم ہوا کہ یہ عمارت کوئی ڈیڑھ سو برس سے یوں ہی کھڑی ہوئی ہے اور اس میں بھوت، پریت، جنات اور پریوں کے سوا کوئی نہیں رہتا۔

اس واقعہ پر میں جس قدر غور کرتا تھا اتنا ہی میرا دماغ معطل ہو رہا تھا۔ اگر کسی ماہر نفسیات سے پوچھا جائے تو وہ اس کو ایک "اجتماعی طیف" (Collective Hallucination) بتا دے گا۔ لیکن یقین مانیے میں بھی فلسفہ اور نفسیات میں دخل رکھتا ہوں۔ میں نے بھی اس واقعہ کو یہی سمجھ کر ڈالنا چاہا۔ لیکن اس سے میری تسکین نہ ہوئی اور پھر میری حیرت کی انتہا نہ رہی جب دوسرے دن شاہد کی لاش "کودوا" میں تیرتی ہوئی پائی گئی۔

عام طور پر مشہور ہے کہ شاہد نے خودکشی کر لی اور ڈوب کر مرا۔ میری ہمت نہ ہوئی کہ میں لوگوں کے اس خیال کو رد کرنے کی کوشش کروں اس لیے چپ ہو رہا۔

بہت دنوں بعد میری ایک دوست سے ملاقات ہوئی جس کا نام نسیم تھا۔ اُن کو "روحانیت" میں بڑا دخل تھا۔ میں نے ان سے اس واقعہ کو من وعن بیان کیا تو انھوں نے کہا "ایک دن میں تمہارے گاؤں پر چلنا چاہتا ہوں اور ایک رات اُس مکان میں بسر

کرنا چاہتا ہوں۔ مجھے قوی امید ہے کہ اس عقدہ کو حل کرلوں گا۔" میں فوراً راضی ہو گیا۔

نسیم ایک رات اُس مہیب مکان میں رہا۔ صبح کو ہنستا ہوا آیا اور کہنے لگا" میں نے رات اُس سبز پری سے خوب باتیں کیں، اُس نے مجھے تمام راز سے آگاہ کر دیا اور وہ مختصراً یہ ہے:

شاہد کے مورث اعلیٰ اورنگ زیب کے زمانہ سے اس گردونواح میں راج کرتے تھے۔ رفتہ رفتہ جائدادان کے قبضہ سے نکل کر دوسروں کے ہاتھ میں جانے لگی، یہاں تک کہ شاہد کے دادا کو یہاں سے ہجرت کرنا پڑی۔ یہ مکان اب سے آٹھ پشت پہلے کی عمارت ہے، جس نے اس کو بنوایا اُس کا نام رشید تھا۔ شاہد براہ راست رشید کی اولاد میں سے تھا۔ رشید اپنی پھوپھی کی لڑکی بلقیس پر فریفتہ تھا، بلقیس بھی اس کو پوجتی تھی، لیکن مرد اور عورت کا فرق آخر کار نمایاں ہو گیا۔ رشید نے دوسری عورت سے محبت شروع کی اور پھر اس سے شادی کر کے اس مکان میں رہنے لگا۔ لیکن بلقیس کے دل سے رشید کی محبت نہیں گئی، وہ ارادہ کی پوری تھی، اس نے سارے خاندان کی مخالفت کی۔ ہمسایوں کی مطعون بنی مگر شادی نہیں کی اور مرتے دم تک رشید کا غم لیے رہی۔ شاہد کی "سبز پری" یہی بلقیس ہے۔ رات اس کی کیفیت قابل دید تھی۔ اس کا بیان ہے کہ یہ غم اب تک اس کی روح سے لپٹا ہوا ہے، اور اسی غم کی بدولت اس کا رشتہ اس دنیائے عناصر سے قائم ہے۔ رشید تو اس کا ہو نہیں سکتا اس لیے کہ وہ بلقیس کے ساتھ دغا کر چکا تھا اور اس کی روح ناپاک ہو چکی تھی۔ بیچاری کو زیر خاک بھی اسی طرح خروش میں مبتلا رہنا پڑا۔ یہاں تک کہ شاہد پیدا ہوا۔ شاہد نے ہو بہو رشید کی صورت پائی تھی۔ بلقیس نے اس وقت تک اس کو مبتلا کرنا مناسب نہیں سمجھا جب تک کہ شاہد میں خود عشق و حسن شناسی کا ذوق نہ پیدا ہو جائے۔

جب وہ وقت آگیا تو اس نے شاہد کو اپنی محبت میں گرفتار کر کے اپنی خون شدہ حسرتوں کو آسودہ کرنے کے لیے یہ تدبیر اختیار کی۔

رات بلقیس کے ساتھ تمہارے شاہد سے بھی ملاقات ہوئی۔ وہ بہت خوش و خرم نظر آرہا تھا، اور ہم لوگوں کو اس کے لیے پریشان نہ ہونا چاہیے۔"

نسیم سے یہ روداد سننے کے بعد میں نے رفتہ رفتہ آس پاس کے دیہاتوں میں اس کی تحقیق شروع کی اور آخر کار اس نتیجہ پر پہنچا کہ نسیم نے جو کچھ بیان کیا وہ تاریخی اعتبار سے بھی صحیح ہے۔

***

۵

سمن پوش

"شہید زخم شمشیر تغافل اجر ہا دارد"

ناہید سے میرا تعارف لکھنؤ میں ہوا جب میں نے پہلی بار اس کی تصویر اپنے ایک عزیز دوست ناصری کے کمرے میں دیکھی تھی۔ ناصری کو فن نقاشی سے خاص شغف تھا، جو جنون کی حد تک پہنچا ہوا تھا۔ کوئی دلکش تصویر اس کی نظر سے گزر جاتی پھر ناممکن تھا کہ وہ اس کو کسی نہ کسی ذریعہ سے حاصل کر کے اس کی نقل نہ اتارتا۔ اس کو اس فن میں کافی مہارت ہو گئی تھی، اور مبصرین کی نگاہ میں وہ ایک ممتاز حیثیت کا مالک تھا۔ میں نے یہ جاننا چاہا کہ یہ کس کی تصویر ہے اور اس کا نام کیا ہے۔ مگر خود ناصری کو اس کا کوئی علم نہ تھا۔ وہ ایک ممتاز حیثیت کا مالک تھا۔ میں یہ جاننا چاہا کہ یہ کس کی تصویر ہے اور اس کا نام کیا ہے۔ مگر خود ناصری کو اس کا کوئی علم نہ تھا۔ وہ ایک مشہور دکان سے خرید کر لایا تھا۔ اس سے مجھ کو معلوم ھوا کہ وہ ھندوستان کے ایک ماہر فن کی صنعت تھی۔ مصور کے نام کا مجھ پر کوئی اثر نہ ھوا، میں اس پیکر جمال میں محو ہو گیا جو صفحہ قرطاس سے مجھ کو دیکھ رہی تھی۔ اس کے ہونٹوں پر ایک خاموش مگر بلیغ تبسم تھا۔ چنبیلی کا ایک ہار اس کے سینے پر لٹک رہا تھا۔ انداز سے وہ ایکٹرس معلوم ہوتی تھی۔ مے ھو ایسا معلوم ہو رہا تھا کہ اس کو میں پہلے سے جانتا ہوں۔ اس کی آنکھوں میں ایک غیر معمولی کشش تھی جس نے میری

آنکھوں کو مبہوت کر لیا، گویا وہ کہہ رہی تھی "ٹھہرو! اور آغاز سے انجام تک میری داستان سن لو۔" اس کے رخسار گلابی تھے، بکھرے ہوئے بال اس کے نیم برہنہ سینے سے کھیل رہے تھے اور میں خواب میں تھا یا واقعی ہوا میں چنبیلی کی مہک پھیلی ہوئی تھی؟ میں اپنے عالم محویت سے چونکا۔ ایک لرزش خفی میرے تمام اعصاب میں دوڑ گئی۔ میں وہاں سے رخصت ہونا چاہتا تھا کہ ناصری جو اپنا سامان نقاشی لینے دوسرے کمرہ میں چلا گیا تھا، واپس آگیا اور ناہید کی تصویر سامنے رکھ کر اس کا خاکہ کھینچنے لگا۔ میں رک گیا۔ ناصر کا قلم اپنی قدرت دکھا رہا تھا۔ البتہ جس صناع کا نام مجھے بتایا گیا تھا۔ وہ اس باب میں کامیاب ہوا تھا۔ اگر یہ واقعی اس کی صنعت تھی جس کا نہ مجھ کو اس وقت یقین تھا، نہ اب ہے۔ میں ناصری کے مکان سے خاموش روانہ ہو گیا۔ باہر برآمدہ میں پہنچ کر پیچھے دیکھا تو وہی دلفریب اور جاذب نظر صورت سامنے تھی، جو مجھ کو پکارتی ہوئی معلوم ہوتی تھی۔ مسکراہٹ جس میں تاثرات کی ایک دنیا پوشیدہ تھی، میرے حواس میں خلل پیدا ہو رہا تھا عجیب عجیب خیالات ذہن میں آرہے تھے۔ آخر کار خود اپنے توہمات سے خائف ہو کر برآمدہ سے نیچے اتر آیا اور اپنی اقامت گاہ کی طرف چلا۔ میں قیصر باغ کی طرف سے جا رہا تھا، یکایک میرے قلب کی حرکت خوفناک طریقہ پر تیز ہو گئی۔ میں حیران ہو کر جہاں تھا وہیں رک گیا، مجسمہ کے پاس بینچ پر بیٹھا ہوا کون پڑھ رہا تھا وہی سفید پوش عورت یہاں بھی سرنگوں بیٹھی تھی! اس کے گلے میں وہی چنبیلی کا ہار تھا۔ جس کے ساتھ وہ بلا ارادہ شغل کر رہی تھی۔ رعشہ بر اندام میں اس کی جانب بڑھا۔ میرے قدموں کی آہٹ سے وہ چونکی اور کی خمار آگیں آنکھوں نے ایک المناک تبسم کے ساتھ میری طرف دیکھا، باوجود دماغ کی پریشانی کے میں نے اس قدر جائزہ لے لیا کہ اس کا چہرہ زرد تھا جسم کی ساخت نازک تھی، رنگ میں صباحت تھی، دوش تک وہ عریاں تھی، اس کی بلوری گردن

دیکھنے والی کی آنکھوں میں تازگی پیدا کر رہی تھی۔ ہوا کے ہلکے جھونکے اس کی شبنمی ساری میں شکن پر شکن ڈال رہے تھے، اور وہ ان کو برابر کرتی جا رہی تھی۔ میں نے ادھر ادھر دیکھا راستہ چلنے والوں میں سے کوئی اور بھی اس زہرہ ارضی کو دیکھ رہا تھا یا نہیں؟ لیکن کوئی ہماری طرف متوجہ نہیں تھا۔ مجھے حیرت ہوئی، اس لیے ہوئی کہ یہ کوئی ایسی صورت نہ تھی جو بغیر اپنا خراج لیے ہوئے کسی کو گزر جانے دیتی۔ میں کانپنے لگا، کیا اس کو میرے علاوہ کوئی اور نہیں دیکھ رہا تھا؟ کیا میرے مرکزی نظام عصبی میں کوئی اختلال رونما ہو چلا تھا؟ کہتے ہوئے شرم آتی ہے کہ میں نے نفسیات، عضویات اور دیگر علوم جدیدہ کا غائر مطالعہ کیا ہے۔ جس نے مجھ کو مشکک بنا کر چھوڑ دیا ہے۔

اس منظر سے مجھ پر وہ ہیبت طاری ہوئی کہ میں بے ساختہ چلا اٹھا پھر دیکھا تو نشست خالی تھی۔ وہ عجیب الخلقت عورت وہاں سے جا چکی تھی اور چنبیلی کی شامہ ناز مہک بھی اپنے ساتھ لیتی گئی تھی۔ میں رگ رگ میں تکان محسوس کر رہا تھا۔ جدج جد قدم اٹھاتا ہوا قیصر باغ سے باہر نکلا اور ایک تانگہ پر بیٹھ کر فرنچ ہوٹل میں کسی نہ کسی صورت سے پہنچ گیا۔ جہاں میں اپنے احباب کے ساتھ مقیم تھا۔ اپنی داستان اگر بیان کرتا مضحکہ کا نشانہ بنتا، لہٰذا میں نے اس تصویر کا بھی کوئی ذکر نہیں کیا۔ جس کو ناصری کے "نگار خانہ" میں دیکھ آیا تھا اور جس کی اثر آفرینیوں نے اس حد تک مجھ کو بے قابو کر دیا تھا۔ میرے احباب کی لغت میں زندگی نام تھا۔ صرف شاد کیشی کا، ہمارے بیشتر اوقات خوش باشیوں میں گزر جاتے۔ سیر و تفریح کی لذتوں اور مختلف دلچسپیوں نے "سمن پوش نازنین" کا تصور میرے ذہن سے مٹا دیا اور اگر کبھی اس کی یاد تازہ ہو جاتی تو میں اس سے پہلو بچا جاتا اس طرح دس بارہ روز گزر گئے۔

ایک روز ہم سب کو معلوم ہوا کہ الفریڈ تھیٹر آیا ہے۔ بالاتفاق یہ طے پایا کہ پہلی

رات کا کھیل ضرور دیکھنا چاہیے، چنانچہ اس کا انتظام کیا گیا۔ زندگی میں یہ پہلا موقع تھا کہ میں تھیٹر دیکھ رہا تھا۔ مگر نہ تو تماشہ کی غایت کی طرف دھیان تھا، نہ اس پر تنقید کرنے کا ہوش، میں بس ایک چیز دیکھ رہا تھا، یعنی وہی عورت چنبیلی کا ہار زیب گلو کیے ہوئے ارچسٹرا میں بیٹھی ہوئی تھی اور محویت کے ساتھ مجھے دیکھ رہی تھی، وہ تنہا تھی، اس کے لباس میں کوئی تبدیلی نہیں ہوئی تھی، میں نے اپنے دوست کو مخاطب کر کے کہا۔ "اس کو دیکھتے ہو جو سامنے شبنمی ساری زیب تن کیے ہوئے بیٹھی ہے؟" وہی جس کے گلے میں ہار ہے۔

میرے دوست نے نگاہ اٹھائی اور سر ہلا کر جواب دیا "نہیں تو! کہاں بیٹھی ہے؟"

"بالکل سامنے۔ "میں نے کسی قدر متحیر ہو کر پھر کہا' آرچسٹرا میں دیکھو وہ ہم کو دیکھ رہی ہے۔"

میرا مخاطب تعجب سے مجھ کو دیکھنے لگا۔ "خواب تو نہیں دیکھ رہے ہو؟ آرکسٹرا میں کوئی عورت نہیں ہے۔" اس نے مجھ سے کہا، "کوئی عورت نہیں!" اب مجھے ہوش آیا۔ میں نے مکسر کانے کی کوشش کرتے ہوئے کہا، "شاید مجھ کو مغالطہ ہوا" اور فوراً مبحث بدل دیا۔ جب تک میں تھیٹر ہال میں تھا میرے احباب سمجھ رہے تھے کہ تماشہ دیکھنے میں مصروف ہے، مگر واقعہ یہ ہے کہ میں اپنی نظر اس جگہ سے ہٹا ہی نہیں سکتا تھا۔ جہاں وہ اس متانت اور خاموشی کے ساتھ بیٹھی دردمند نگاہوں سے میری قوتوں کو سلب کر رہی تھی، آج اس کے سامان آرائش میں ایک چیز کا اضافہ نظر آرہا تھا۔ یعنی ایک خوبصورت پنکھا جس کو کبھی کبھی جنبش دے دیتی تھی۔ رہ رہ کر اسی پر حسرت انداز سے مسکراتی جس میں پوشیدہ تو بہت کچھ تھا لیکن جو اپنے راز کو افشا نہ ہونے دیتا تھا۔ جب تماشہ ختم ہوا اور سب چلنے کے لیے کھڑے ہوئے تو وہ بھی اٹھی اور ساری کا آنچل ایک معصومانہ ادا سے

سنبھالتی ہوئی، ہجوم میں غائب ہو گئی۔ چند لمحوں کے بعد میں نے شاہراہ پر پھر اس کی جھلک دیکھی، اس کا جسم اس قدر نازک تھا، وہ اس قدر کم عمر اور ناآزمودہ کار معلوم ہوتی تھی کہ مجھے اس پر ترس آنے لگا۔ میں ڈر رہا تھا کہ لوگوں کے اس طوفان میں کہیں اس کو کوئی صدمہ نہ پہنچ جائے "کیا یہ کوئی روح ہے جس کو کسی خاص غرض سے از سرنو اس دنیا کا قالب عطا کیا گیا ہے یا محض میرا واہمہ ہے جو مجھے پریشان کر رہا ہے۔" میں اپنے دل سے سوال کر رہا تھا۔ "لیکن اس کی صورت اس قدر غمگین اور آزردہ ہے کہ میرا دل اس کے لیے دکھ رہا ہے۔ خواہ وہ خواب ہی کی مخلوق کیوں نہ ہو۔"

اسی کشمکش میں مبتلا اپنے دوستوں کے ساتھ مجمع کو پھاڑتا ہوا جا رہا تھا کہ پیچھے سے کسی نے چھو کر مجھے چونکا دیا۔ میں نے مڑ کر دیکھا تو ایک نازک ہاتھ میرے شانہ پر تھا جو دیکھتے دیکھتے ہی غائب ہو گیا۔ آج میرے ذہن میں ایک تغیر رونما ہوا۔ یعنی میری وحشت دور ہو گئی اور مجھے خیال ہو گیا کہ یہ دلکش ہستی خیالی ہو یا مادی، عالم ارواح سے تعلق رکھتی ہو یا عالم اجسام سے، کسی نہ کسی غرض سے میرا تعاقب کر رہی ہے۔ میں نے ارادہ کر لیا کہ اب اس کو دیکھ کر ڈروں گا نہیں بلکہ ہمت کے ساتھ واقعات کا ترتیب وار مطالعہ کروں گا اور مجھے اطمینان تھا کہ اگر استقلال سے کام لیا تو حقیقت کو ضرور بے نقاب کر سکوں گا۔

لکھنؤ میں پندرہ روز اور قیام رہا لیکن "سمن پوش" اس دوران میں پھر نظر نہ آئی۔ البتہ ناصری کے ساتھ جا کر میں نے اس کی تصویر کی ایک کاپی خرید لی جو میرے لیے ایک خاص اہمیت رکھنے لگی تھی۔ مجھے معلوم ہوا کہ تصویر کو اصل سے کوئی مناسبت نہیں اور اس سے ناہید کی رعنائیوں اور دلربائیوں کا صحیح اندازہ کرنا محال تھا۔ اس کے بعد میں بارہ بنکی چلا آیا اور اپنی روزانہ مصروفیتوں میں ناہید کو پھر بھول گیا۔ میں نے اسی سال بی۔ اے کیا تھا اور دور تعطیل سے گزر رہا تھا جس سے سکول اور کالج کا زمانہ ختم کر کے کم و بیش ہر

شخص کو گزرنا ہوتا ہے یعنی ابھی یہ فیصلہ نہ کر سکا تھا کہ مجھے کرنا کیا ہے۔

میرے ایک چچا کی لڑکی سائرہ ضلع سیتا پور کے ایک باوقار رئیس عبد العلی کے لڑکے شمیم سے بیاہی ہوئی تھی۔ شمیم نے بھی اسی سال ایم۔ ایس سی کیا تھا اور چونکہ سرمایہ دار تھے اور کسب معاش کی فکر سے بے نیاز، اس لیے ان کا ارادہ تھا کہ اپنی زمینداری کا انتظام کریں گے۔

ایک دن میری ماں کے نام سائرہ کی تحریر آئی جس سے معلوم ہوا کہ عبد العلی صاحب نے حال ہی میں ایک نیا گاؤں مع ایک عالی شان عمارت کے خریدا ہے اور ان لوگوں کی خواہش ہے کہ ہم سب ان کی مسرتوں میں شرکت کریں۔ سائرہ کا اصرار تھا کہ کم از کم میں ضرور اپنی کیفیتوں سے اس کے لطف میں اضافہ کروں ورنہ وہ مجھے کبھی نہ معاف کرے گی۔ میں کہہ نہیں سکتا سائرہ کو میری مصاحبت میں کیا لطف ہو سکتا تھا جب کہ اکثر احباب کا خیال ہے کہ میری ہنسی مصنوعی ہوا کرتی ہے اور فی الحقیقت میرا خمیر المناکیوں سے ہوا ہے۔ یہ اور بات ہے کہ میں ہر قسم کی صحبت میں شریک ہو جایا کرتا ہوں، بہر حال سائرہ کو میری طرف سے حسن ظن تھا جو غلو کی حد تک پہنچا ہوا تھا اور وہ چاہتی تھی کہ زندگی کے بیشتر فرحت ناک لمحے میری معیت میں گزریں۔ مجھے عذر ہی کیا ہو سکتا تھا۔ وقت کاٹنے کے لیے کوئی بہانہ تلاش کر رہا تھا۔ میں نے فوراً سامان درست کر لیا، میری ماں البتہ چند اسباب کی بنا پر نہ جا سکیں۔

"جمال منزل" واقعی نہایت خوبصورت اور شاندار عمارت تھی۔ جو ایک وسیع احاطہ سے گھری ہوئی تھی۔ شمیم کی گاڑی نے جس وقت مجھے پیش گاہ میں لا کر اتارا تو میں اس کی شوکت سے مرعوب ہو گیا، جس نے ایسے دیہات میں اس "فردوسی ارضی" کو اپنے لیے تعمیر کرایا ہو گا۔ اس میں ذوق سلیم اور حسن لطیف کہاں تک رچا ہو گا۔ اس کے علاوہ

"جمال منزل" سے اس کے اصل مالک کی مالی استطاعت کا بھی بخوبی اندازہ ہوتا تھا۔ چونکہ میں شام کو پہنچا تھا اس لیے احاطہ اور باغ کی سیر صبح تک ملتوی رکھی گئی۔

عبدالعلی اور ان کی بیوی نے نہایت خلوص سے میرا خیر مقدم کیا۔ شمیم ضرورت سے زیادہ ہنس رہا تھا اور پھر بھی ان کو سیری نظر نہیں آئی تھی۔ سائرہ نے سنجدگی اور متانت سے اپنی خوشی کا اظہار کیا جیسا کہ اس کا دستور تھا۔ الغرض میرے آنے سے ہر شخص اپنی جگہ کافی مسرور تھا۔

جب ہم رات کے کھانے پر بیٹھے تو ہماری گفتگو کا موضوع وہی گاؤں اور مکان تھا اور اس میں شک نہیں کہ موضوع دلچسپ ثابت ہوا۔ شمیم نے کہا، "تم اس مکان پر اس حیثیت سے غور کرو کہ جس بدنصیب نے اس کو حوصلوں کے ساتھ تعمیر کرایا تھا وہ مصنف تھا، شاعر تھا، نقاش تھا، اور آج بیس برس سے زیادہ عرصہ گزرا ہے کہ اس نے خودکشی کر کے اپنی زندگی کا خاتمہ کر لیا۔ تم اس کا نام جاننے کے لیے بے تاب ہو گے، اس کا نام "جمال الدین" تھا۔"

"جمال الدین" میں چونک پڑا۔ میں نے اس کے کچھ منتشر اشعار کا مطالعہ کیا تھا اور اس کا ایک ڈرامہ "ہذیان محبت" بھی پڑھا تھا جس کا مجھ پر گہرا اثر ہوا تھا، یہ نہ جانتا تھا کہ وہ نقاش بھی ہے اور نہ یہ خبر تھی کہ اس نے اپنے ہاتھوں اپنی جان دی۔

سائرہ غور سے مجھے دیکھ رہی تھی، اور خوب واقف تھی کہ میرے اعصاب کتنے سریع الحس اور اثر پذیر ہیں۔ اس نے شمیم سے ناپسندیدگی کے لہجہ میں کہا۔ "آپ نے برا کیا۔ سہیل بھائی کے لیے تمام رات کروٹیں بدلتے رہنے اور سر دھننے کا سامان فراہم کر دیا۔ ابھی وہ سفر سے ماں دہ وخستہ چلے آرہے ہیں۔ آپ نے ان کو راحت شب سے بھی محروم کر دیا۔"

"میں نے مسکرا کر کہا، "نہیں! نہیں! قصہ سننے کے لائق ہے۔ ہاں تو شمیم! یہ نہیں معلوم کہ ہمارا شاعر نقاش اپنی زندگی سے بیزار کیوں ہو گیا۔"

"میں ٹھیک نہیں کہہ سکتا، سنا ہے اس کو اپنی بیوی سے بے انتہا محبت تھی جس کو کسی نے واللہ علم کیوں قتل کر دیا۔ جمال الدین اس صدمہ کو برداشت نہ کر سکا اور غالباً ڈیڑھ سال کے بعد اس نے بھی اپنا عنصری جامہ اتار پھینکا۔ شاعریوں بھی خفقانی اور اپنے دل کے غلام ہوتے ہیں اور ان کا کسی رو میں خودکشی کر لینا کوئی حیرت انگیز نہیں۔"

شروع سے آخر تک شمیم کے لہجہ سے تمسخر و استہزاء پایا جاتا تھا، میں یہ سوچ رہا تھا کہ انسان اس قدر بے حس ہوتا ہے۔ میں نے جواب دیا، "شمیم! تمہاری گفتگو نے تو مجھے بہت دکھ پہنچایا لیکن تم سے اس کے سوا امید ہی کیا ہو سکتی تھی، یہ کوئی تمہارا اپنا خیال نہیں، یہ مرض عالمگیر ہے، جو ساری دنیا میں وبا کی طرح پھیلا ہوا ہے۔ جو انسانیت اور الوہیت دونوں کو کائنات سے مفقود کر رہا ہے۔ لیکن تمہارے ذہن میں تو شاید ان الفاظ کے کوئی معنی بھی نہ ہوں۔ تم جو دل کو ایک پارہ گوشت سمجھتے ہو جو پمپ کا کام دیتا ہے، تم جو انسان کو ایک آلہ سمجھتے ہو، بتاؤ تم نے اتنی عمر ضائع کر کے کون سی نئی بات حاصل کی؟

آنچہ دل نام کردہ ای بہ مجاز
رو بہ پیش سگان کو انداز

شاید ہر شخص جو انسانوں اور حیوانوں کو متواتر چیرتا رہے اور کچھ دونوں تک برابر مشاہدہ کرتا رہے۔ اس قدر جان سکتا ہے کہ دل صنوبری شکل کا ایک ٹکڑا ہے جو غلاف قلب (pericardium) میں ملفوف ہے اور جس کا کام خون کو اندر کھینچنا اور باہر پھینکنا ہے، مگر تم کو کیا کہوں، بڑے سے بڑا فلسفی اور بڑے سے بڑا حکیم انہی خود فریبیوں میں مبتلا ہے۔ وہ عقل کی رہنمائی مُس چلتا ہے اور وجدانیت و بداہت کو پیچھے چھوڑ جاتا ہے۔ کار

لائل نے اسی لیے ایسے لوگوں کا نام "منطق تراش"(logic chopper) رکھا ہے۔ اسی لیے کسی چیز کی بابت کوئی قطعی حکم نہیں لگایا جا سکتا۔ عقل کی افراط نے اس کی ربوبیت چھین لی اور اس کے ارتقا کا سد باب ہو گیا۔ وہ اپنا نصب العین بھول گیا بلکہ اپنی اصلیت بھی اس کو یاد نہ رہی۔ بیدل نے ہم کو بہت صائب رائے اس بارے میں دی ہے۔

ہر چند عقل کل شدہ بے جنوں مباش

خیریت یہ ہے کہ دنیا میں چند ایسے نفوس ہمیشہ رہے جو کبھی کبھی حقیقت کی جھلک دیکھ لیا کرتے ہیں اور ہم کو اپنے آغاز و انجام سے آگاہ کرتے رہتے ہیں، ورنہ آج میمتھ کی طرح یہ مخلوق بھی صفحہ ہستی سے مٹ جاتی جو 'انسان' کہلاتی ہے۔

میرے ہیجان کا دور شرع ہو گیا۔ میں انسان کا "جہل مرکب" نہیں برداشت کر سکتا یہ بیماری شاید انسان کے علاوہ کسی دوسرے جانور میں نہیں پائی جاتی کہ وہ اپنی جہالت کو علم سمجھنے کی کوشش کرنا چاہتا ہے اور اپنی اس دانستہ فریب کاری پر ناز کرتا ہے۔

شمیم بے کیف ہونے لگا تھا۔ میرا مباحثہ اکثر تلخ ہوا کرتا ہے اس لیے جہاں سوئی سے کام لینا چاہیے۔ وہاں میں نیزوں اور بھالوں کے وار کرنے لگتا ہوں اور سننے والے میری صحبت سے لطف اٹھاتے ہیں مگر میرا مقابل ہمیشہ مجھ سے متفرے ہو جایا کرتا ہے، چنانچہ میرے چاہنے والوں سے وہ لوگ تعداد میں زیادہ ہیں جو میری طرف سے اپنے دلوں میں غبار لیے ہوئے ہیں۔ شمیم نے میری رگوں میں چنگاریاں بھر دی تھیں اور میں آگ برسانے لگا تھا جس کا سلسلہ نہ جانے کہاں ختم ہوتا اگر ان کی والدہ درمیان میں نہ بول دی ہوتیں۔ "اچھا اب بے کار بحث کو جانے دو، ایک لطیفہ اور سنو گانے والوں میں مشہور ہے کہ 'جمال منزل' روحوں کا مسکن ہے اور میرا خیال ہے کہ بیچنے والوں نے اسی وہم سے اس کو جدا بھی کیا تھا مگر ہم لوگوں پر اس قسم کے جاہلانہ معتقدات کا کیا اثر ہو سکتا

ہے۔"

میں نے اپنے دل میں کہا، "نہ جانے گانے والے جاہل ہیں یا آپ۔" شمیم سے پھر نہ رہا گیا اور مجھ پر حملہ کر ہی بیٹھے، انہوں نے کہا، "مگر اب مجھے اطمینان ہے کہ میرے گھر میں ایک ایسا محقق موجود ہے جو ہم کو اصلیت سے خبر دار کر سکے گا۔"

"غلط خیال ہے۔" میں نے جواب دیا میری تحقیق و تدقیق سے فائدہ اٹھانے کی صلاحیت تم میں نہیں ہے، اگر کوئی راز مجھ پر منکشف بھی ہو گا تو میں اس کو تم سے مخفی رکھوں گا۔"

رات زیادہ ہو چکی تھی ہم ایک دوسرے کو "شب بخیر" کہہ کر اپنی اپنی خواب گاہ کو رخصت ہوئے۔ چلتے ہوئے سائرہ نے کہا، "آپ کا چہرہ دھندلا ہو گیا ہے، دیکھیے سونا نصیب ہوتا ہے یا نہیں، آج کے مبحث پر زیادہ تبصرہ نہ کیجئے گا۔"

میں نے ہنس کر جواب دیا، "سائرہ، بچوں کی سی باتیں نہ کرو" اور آکر بستر پر لیٹ رہا، نیند کی کوئی علامت میری آنکھوں میں نہ تھی۔ میں دو بجے رات تک پڑھتا رہا، گرمی کی سہانی رات تھی، پچھلے پہر ہوا میں ایک سکون بخش خنکی پیدا ہوئی تو میری آنکھ لگ گئی۔ لیکن پانچ ہی بجے کسی کے قدموں کی آہٹ سے جاگ گیا۔ دیکھا تو شمیم تھے۔ میں اٹھ بیٹھا، شمیم نے کہا، "ہوا خوشگوار ہے چلو باغ میں تفریح کر آئیں، یا رات کی کیدں گی ہنوز باقی ہے؟"

"کہیں سائرہ نے رات بھر تمہارے کان تو گرم نہیں کیے؟" میں نے پوچھا۔

شمیم ہنس دیئے اور میرا ہاتھ پکڑ کر کہنے لگے، "تم شاید رات بھر سوئے نہیں؟ اچھا چلو ہوا کسل دور کر دے گی۔"

"ہاں! اس وقت کی سیر ضرور روح میں بالیدگی پیدا کرے گی" یہ کہہ کر میں شمیم

کے ساتھ ہو لیا۔

باغ کو میں نے امیدوں سے زیادہ دلکش اور فرحناوک پایا۔ احاطہ کے وسط میں ایک خوبصورت تالاب تھا۔ قسم قسم کے درخت اور مختلف رنگ و بو کے پھول روشوں کے کنارے علوئے تخئیل کا نمونہ بنے ہوئے تھے۔ ہر چند کہ قرآئن سے ظاہر ہوتا تھا کہ مدت سے ان کی پرداخت کرنے والا وہاں کوئی نہیں، تالاب کے چاروں طرف چنبیلی کی کیاریاں تھیں جن سے فضا مہک رہی تھی۔ مجھے بے اختیار اپنی "سمن پوش" یاد آگئی تھوڑی دیر کے لیے میں پھر عالم خیال میں گم ہو گیا۔ شمیم نے یہ دیکھ کر پوچھا، "کیا سوچ رہے ہو؟"

"کوئی خاص بات نہیں"، میں نے جواب دیا۔

شمیم نے کہا، "اب آؤ میں تم کو جمال الدین کی بیوی کی قبر دکھاؤں۔" میں سراپا اشتیاق بن کر شمیم کے ساتھ آگے بڑھا چنبیلی کی ایک کیاری میں ایک پختہ قبر تھی جس کی شکستگی کہہ رہی تھی کہ اب ایسا بھی کوئی نہیں جو اس کی مرمت کرانے کی زحمت گوارا کرے۔ لوح ٹوٹ کر علیحدہ زمین میں پیوست تھی اس پر گھاس اگ آئی تھی۔ اس سے پیشتر شمیم یا کسی اور کی نگاہ بھی اس پر نہیں پڑی تھی، میں نے بیٹھ کر اس کو صاف کیا تو اس پر ناہید لکھا ہوا پایا۔ شمیم نے میرے ایماء پر ایک خدمت گار کو بلایا جس نے لوح کو زمین سے باہر نکالا، دوسری طرف بھی کچھ کتبہ نظر آیا۔ غور کرنے سے معلوم ہوا کہ کوئی فارسی شعر ہے مگر باوجود سعی بسیار کے صحیح پڑھا نہ جا سکا اس لیے کہ وہ حصہ تقریباً ایک بالشت زمین کے اندر تھا، اور زمانے کی رگڑ نے نقوش کو کافی مٹا رکھا تھا میری رگ رگ بے چین ہو رہی تھی کہ کسی طور سے اس کتبہ کو پڑھ لوں۔ لیکن کچھ بس نہ چلا۔ شعر بھی کوئی ایسا نہ تھا جو عام طور پر مشہور ہوتا تاکہ قیاس سے پڑھ لیا جاتا، آخر کار مایوس لوٹنا پڑا۔

یہاں عبد العلی صاحب سائرہ وغیرہ کے ساتھ چائے پر ہمارا انتظار کر رہے تھے۔ آج کی گفتگو کا مرکز "ناہید کا مزار" رہا۔ مجھے رہ رہ کر اسی کتبہ کا خیال آتا تھا۔ جس نے مجھے تاریکی میں رکھ چھوڑا تھا۔ سارا دن ہارمونیم، فوٹو گراف، تاش اور دیگر مشاغل میں ضائع ہوا۔ میں چاہتا تھا کہ کچھ لکھوں، مگر یہاں اس کی کوشش کرنا "بت پرستوں کے شہر میں نماز" کے لیے جہاد کرنے سے کم نہ تھا۔ شام کو شمیم نے گاڑی تیار کرائی اور مجھے لے کر ہوا کھانے نکل گئے۔ مختصر یہ کہ مجھے اس قدر موقع نہ ملا کہ ایک بار پھر ناہید کی قبر پر جاتا اور لوح پر نظر ثانی کرتا۔ جب کھانے کے بعد اپنے بستر پر گیا تو کسی قدر سکون میسر ہوا۔ دل بہلانے کی غرض سے گھنٹوں مثنوی مولانا روم دیکھتا رہا۔

نیند کے آثار اس دن بھی غائب تھے، رات کا سناٹا بڑھ رہا تھا۔ میرا مطالعہ بدستور جاری تھا، کبھی کبھی کتاب بند کر کے کچھ سوچنے لگتا تھا۔ تقریباً ایک بجے بستر سے اٹھا اور سامنے کے کمرہ سے سگرٹ لے کر واپس ہو رہا تھا کہ مجھے چار پانچ گز کے فاصلے پر ایک عورت کی شکل دکھائی دی جو دیکھتے دیکھتے میرے مقابل تھی۔ یہ کون؟ وہی "سمن پوش" اس وقت میں نے حیرت کو اعصاب پر قابو پانے دیا نہ ہراس کو۔ یہ میری خوش نصیبی تھی کہ میں اپنے حواس قائم رکھنے میں کامیاب ہو گیا۔ میری نگاہیں اس کی نگاہوں سے جس وقت ملیں تو اس نے ہاتھ سے کچھ اشارہ کیا گویا مجھ سے کیم بات کی التجا کر رہی ہے۔

"تم یہاں کس لیے آئی ہو" میں نے آہستگی سے پوچھا، "اور میرا تعاقب کیوں کر رہی ہو؟"

اسی طرح اس نے پھر ہاتھ کو حرکت دی اور کانپتی ہوئی آواز میں کہا، "اس لیے کہ آپ کو مجھ سے ہمدردی ہے۔"

"کیا تم سکون سے محروم ہو؟"

"یک قلم۔" یہ کہتے کہتے اس کا دم پھولنے لگا جیسے تشنج کا دورہ پڑ رہا ہو۔ میں گھبرا سا گیا تاہم سلسلے کو منقطع نہ ہونے دیا۔

"اچھا تو بتاؤ مجھ سے کیا چاہتی ہو؟" میں اپنے بستر پر بیٹھ گیا۔

اس نے اپنی ہیجانی آنکھیں اوپر اٹھا دیں جو نم آلود تھیں۔ "میرے لیے دعا کیجئے، جب سے میں مری ہوں کسی نے میرے لیے دعا نہیں کی۔ بیس برس سے کسی نے مجھ پر ترس نہیں کھایا۔" اس نے کچھ ایسے لہجہ میں کہا کہ میرا جی بھر آیا۔

"تمہاری موت کا سبب کیا ہوا تھا۔" میں نے سوال کیا۔

اب "سمن پوش" قریب کی ایک کرسی پر بیٹھ گئی، اس نے ایک غمگین انداز سے مسکراتے ہوئے اپنے سینہ سے ہار ہٹایا اور میں نے دیکھا اس جگہ اس کے کپڑے پر خون کے گہرے دھبے تھے۔ اس نے دھبوں کی طرف اشارہ کیا اور پھر ان کو اپنے ہار سے چھپا لیا میں سمجھ گیا۔

"قتل؟" میری زبان سے بے ساختہ نکل گیا۔

"کسی کو اس کا صحیح علم نہیں" اس نے کہا، "آپ میرا پورا افسانہ حیات سننا چاہتے ہیں تو سنئے! میں وہی ناہید ہوں جس کا مدفن آپ نے اس احاطہ میں دیکھا ہے۔"

"ہاں۔۔۔!"

"تم کو کس نے قتل کیا اور کیوں؟" میں نے بات کاٹ کر پھر پوچھا۔ میرے اعصاب پھر بے قابو ہو چلے تھے، میں سب کچھ اسی ایک منٹ میں جان لینا چاہتا تھا۔ خود ناہید کے بشرے سے ظاہر ہوتا تھا کہ وہ ایک اندرونی کرب سے بے بس ہو رہی ہے، گویا اپنی داستان کو دہرانا اس کے لیے بڑی آزمائش کا کام تھا۔

"ذرا صبر کیجئے تو میں کوشش کر کے اپنی زندگی کے واقعات آپ سے بیان

کر دوں۔"اس نے کہا"میرا قاتل میرا شوہر ہے لیکن اس سے یہ حرکت ایک زبردست غلط فہمی میں سرزد ہوئی تھی۔ اس کو دھوکا ہوا، جس کا مرتے دم اس کو علم نہ ہو سکا۔ وہ مجھ سے محبت کرتا تھا۔ ایسی محبت جس کی مثال اس دورِ مادیات میں کم ملے گی۔ مبالغہ نہ سمجھئے، وہ مجھ کو پوجتا تھا۔۔۔

آپ خاموش سنتے جائیے۔ میرے لیے وہ اپنے عزیزوں سے کنارہ کش ہو گیا اور اس ویرانہ کو آباد کر کے بیٹھ گیا۔ وہ کہا کرتا تھا، میرے دونوں جہاں تیری آنکھوں میں ہیں۔ 'جمال منزل' اس نے میرے لیے بنوائی تھی اور میں! میں تو یہ سمجھتی تھی کہ زمین، آسمان، چاند، سورج، دن رات سب اس کی تجلیاں ہیں۔ مجھے یقین تھا اور اب بھی ہے کہ مجھے زندگی اس کے طفیل ملی ہے۔ اگر انسانی دنیا کی تمام زبانیں میرے جذبات کو معرض اظہار میں لانے کی متفقہ کوشش کریں تو عہدہ بر آ نہیں ہو سکتیں۔"

ناہید کی زبان میں کانٹے پڑ گئے تھے، وہ دم لینے کے واسطے رک گئی، میں بے خودی کی حالت میں اس کو دیکھ رہا تھا۔

"میں پارسی تھی یعنی 'آتش پرست'۔"اس نے آخری الفاظ پر زور دیتے ہوئے پھر بیان شروع کر دیا"اور ایکٹنگ میرا ذریعہ معاش لیکن اگرچہ مردوں کا ساتھ شب و روز رہتا تھا، مجھے کسی سے بھی عق نہ ہوا تھا۔ جمال نے مجھے ایک نئی لذت سے آشنا کیا۔ اس کو مجھ سے محبت پیدا ہو گئی۔ اس کے ایک ایک لفظ، اس کی ایک ایک ادا سے خلوص و صداقت کی بو آتی تھی۔ میں بھی اس کو دیوانوں کی طرح چاہنے لگی۔ اس کی ہستی مجھ کو دنیا سے نرالی نظر آئی۔ اس کی ہنسی میں ہمیشہ دکھ بھرا ہوتا تھا۔ اس کی آواز میں پپیہے کی سی دلدوز تاثیر تھی، سوز و گداز اس کے خمیر میں تھا۔ وہ سراپا تصویر درد تھا۔ میرا میلان ٹریجڈی کی طرف تھا اس لیے جمال نے مجھے آسانی سے جیت لیا۔"

وہ پھر اس مرتبہ زبان تر کرنے کو رکی، میں نے یہی مناسب سمجھا کہ وہ ترتیب وار اپنا سارا قصہ بیان کر جائے لہٰذا خاموش منتظر رہا۔

"میں آپ کے آرام میں مخل تو نہیں ہوں؟" اس نے نہ جانے کس حال سے پوچھا، اس کا چہرہ اس کے واردات قلب کا آئینہ بن رہا تھا۔

"بالکل نہیں! میں اس گھڑی کا مشتاق تھا۔" میں نے جواب دیا۔

"میں سمجھتی تھی کہ آپ میری غم خواری کریں گے۔" اس نے مترحمانہ لہجہ میں کہا، "ورنہ آپ کا تعاقب نہ کرتی۔"

"ہاں تو ہماری محبت خوش آئند ثابت ہوئی۔ جمال نے مخالفتوں اور انگشت نمائیوں سے بے پرواہو کر مجھ سے شادی کر لی اور ہم دونوں نے ہنگاموں سے دور اس جنگل میں ایک جنت بسائی۔ دونوں کی زندگی ایک مسلسل لمحہ مسرت تھی۔ جمال نے اپنی ساری دولت میرے لیے وقف کر دی۔ وہ متمول آدمی تھا۔ ادبیات اور مصوری سے اس کو انہماک تھا۔ مصوری کا وہ ماہر ہو چلا تھا۔ اس نے میری تصویریں کھینچیں اور ان میں سے اکثر کی پبلک میں نمائش بھی کی جن سے اس کو بڑی شہرت حاصل ہوئی۔ یہ چنبیلی کی کیاریاں میری محنتوں کا نتیجہ ہے۔ شام کو جب ہم باغ میں گلگشت کرتے ہوتے تو وہ پھول توڑ توڑ کر مجھے دیا ی۔ میں ہار گوندھ کر خود پہنتی اور اس کو پہناتی۔ اسی طرح دو سال گزر گئے۔ یکایک زمانے نے ایسی گردش کی کہ بات کی بات میں ہمارے خواب کا طلسم ٹوٹ گیا۔ جمال نے اگرچہ تنہائی اختیار کر لی تھی، تاہم کبھی کبھی اس کے احباب اس سے ملنے آ جایا کرتے تھے اور وہ ان سے مل کر خوش ہوتا تھا۔ اس کے رشتہ داروں میں فیروز جو اس کا شیدا مشہور تھا، ہم کو دیکھنے اکثر آتا تھا اور ہفتوں آ کر رہا کرتا تھا۔ فیروز کی طبیعت مبتذل اور عامیانہ تھی، اس کی نفسانیت کی داستانیں اکثر سنی گئی تھیں مگر جمال اس کی ہولناکیوں

سے واقف نہ تھا۔ وہ معلوم نہیں کیوں فیروز کی قدر کرتا تھا، شاعر یا صناع انسان کو بحیثیت مجموعی کتنا ہی صحیح کیوں نہ سمجھ لے لیکن جہاں افراد سے سابقہ پڑتا ہے وہ اکثر دھوکا کھا جاتا ہے۔ فیروز کی نگاہیں مجھے گراں گزرتی تھیں، اس کی مسکراہٹ مجھے ناگوار ہوتی تھی۔ میں نے متعدد بار چاہا کہ جمال کو ہوشیار کر دوں مگر پھر یہ خیال ہوا کہ بیکار بدمزگی پیدا کرنا غلطی ہے۔ مجھے اپنی اخلاقی قوت پر اس درجہ غرور تھا کہ میں سمجھتی تھی فیروز مجھ سے مذاق کرنے کی بھی ہمت نہ کرے گا، اور چونکہ وہ عموماً میرے سامنے مہذب اور شائستہ رہا کرتا تھا اس لیے اور بھی مطمئن تھی اور جمال کو بھی مجھ پر اعتماد تھا۔

ایک دفعہ کا ذکر ہے کہ فیروز ہمارا مہمان تھا۔ جمال کو کسی اشد ضرورت سے سیتاپور جانا پڑا، رات کو آٹھ بجے جب کہ اس کی واپسی کا وقت تھا، میں اس کمرے میں جو آپ کے کمرے کے متصل ہے، بیٹھی کچھ دھیمی آواز میں گا رہی تھی، دفعتاً مجھ کو کمرہ تاریک ہوتا معلوم ہوا۔ پیچھے مڑ کر دیکھا تو فیروز تھا۔ میں نے اس سے پوچھا، "یہ روشنی کم کیوں کر دی؟" میں سوال ختم کرنے نہ پائی تھی کہ میرا بازو اس کی آہنی گرفت میں تھا اور وہ مجھے اپنی طرف کھینچ رہا تھا۔ بعض ساعتیں ہوتی ہیں جو کمزور دل میں خوفناک مجرمانہ جسارت پیدا کر دیتی ہے۔ میں نے اپنے تمام جسم کی قوت صرف کر کے ایک بار اس کی گرفت سے اپنا ہاتھ چھڑا لیا مگر کم بخت پر بہیمیت کا دیو مسلط تھا۔ دوسرے منٹ میں میں اس کی تنگ آغوش میں تھی۔ میں نے ابھی تک کسی نوکر کو اس لیے نہیں بلایا تھا کہ ان میں اس واقعہ کے متعلق خواہ مخواہ سرگوشیاں ہوں گی۔ اب میں نے ایک بار پھر فیروز کے مہلک پنجوں سے آزاد ہو کر خادمہ کو آواز دی۔ اس کے آنے میں تاخیر ہوئی۔ فیروز پھر میری سمت بڑھا لیکن اتنے میں جمال نے مجھے پکارا فیروز کمرے سے باہر نکل گیا اور میں جمال کے پاس دوڑی۔ میرا ارادہ تھا کہ اس سے بے کم و کاست سب ماجرا کہہ کر فیروز کو اسی وقت نکلوا

دوں گی، مگر اس کی نوبت نہیں آئی۔ اس نے اپنی آنکھوں سے مجھے فراوز کی آغوش میں دیکھ لیا تھا اور اپنی رائے قائم کر چکا تھا۔ معلوم ہوتا ہے جس وقت اس نے یہ دیکھا اسی وقت میں نے اپنے کو فیروز کو گرفت سے چھڑایا تھا۔ جمال اف! اف! کرتا ہوا اپنے سٹوڈیو میں ٹہل رہا تھا۔ میں نے اس کو کبھی غضبناک نہیں دیکھا تھا۔ اس کی آنکھیں خون کی مانند سرخ ہو رہی تھی۔ صورت جوش غضب میں مسخ ہو گئی تھی۔ میں کمرے میں داخل بھی نہ ہونے پائی تھی اس نے مجروح شیر کی طرح میرے کلائی پکڑ لی اور کہا "دغاباز! تیری زندگی کا ایک ایک پل اب میری روح کو ناپاک کر رہا ہے۔" مجھ میں پندار ایسا تھا کہ 'دغاباز' خطاب پا جانے کے بعد میں نے اپنی بریت کے لیے ایک حرف بھی نہ کہا اور وہ کچھ ایسے عالم میں تھا کہ اگر میں کچھ کہتی بھی تو وہ مجھے جھوٹا سمجھتا۔ جمال بے انتہا مغلوب الجذبات اور ذکی الحس واقع ہوا تھا۔ اس کے عضلات پھڑک رہے تھے، اس کا دم گھٹ رہا تھا۔ اس نے ایک نگاہ میری اس نامکمل تصویر پر ڈالی جس کے لیے وہ ان دنوں بڑی محنت کر رہا تھا اور میز کی دراز سے پیش قبض نکال کر میرے سینے میں اتار دیا۔ یہ سب ایسی غیر متوقع سرعت کے ساتھ ہوا کہ میری سمجھ میں کچھ نہ آیا۔ "تباہی کا شیطان" فیروز پانچ منٹ کے اندر مجھ کو میری جنت سے محروم کر گیا۔ اس کے بعد ہر چند کہ جمال پر کوئی الزام نہ آیا اور مشہور ہو گیا کہ مجھے کسی دشمن نے قتل کر دیا ہے۔ لیکن اس کی زندگی اس قدر المناک ہو گئی کہ چھ مہینے کے بعد اگر اس نے خودکشی نہ کر لی ہوتی تو وہ جا کر قتل کا اقبال کر لیتا۔"

ناہید کے آنسو گرنے لگے۔ میں تڑپ گیا، چاہتا تھا کہ اس کے آنسو پونچھوں لیکن اس نے ہاتھ کے اشارہ سے منع کر دیا اور پھر سلسلہ یوں شروع کیا۔

"آپ جمال کو خونخوار اور وحشی کہیں گے۔ مگر میرا ایمان یہ ہے کہ اس کو میرے ساتھ شدید قسم کی محبت تھی۔ یہ محبت کی انتہا تھی کہ اس نے محبت کے فنا ہو جانے کے ڈر

سے مجھے ہمیشہ کے لیے کھو دیا۔ مجھے یاد ہے کہ ایک مرتبہ اس نے شیکسپیئر کے مشہور ڈرامہ "اتھیلو" کا ترجمہ کر کے سنایا تھا۔ میں گھنٹوں "ڈسڈیمونا" پر رشک کرتی رہی۔ میں نے جمال سے کہا تھا کہ کاش! مجھے اس کا پارٹ ہی کرنا نصیب ہوتا۔ اس پر اس نے مجھے بہت پیار کیا تھا!"

ناہید تھک گئی تھی لیکن اب اس کے چہرے سے آسودگی ٹپک رہی تھی۔ صبح کی سپیدی نمودار ہو چلی تھی۔ وہ رخصت ہونے کے لیے اٹھی، چلتے چلتے اس نے کہا، "ہاں ایک بات بھول گئی۔ جمال نے ایک ظلم مجھ پر کیا ہے۔ مجھے مار کر اسے تسکین نہ ہوئی اس نے میرے مزار کی لوح پر یہ شعر کندہ کرا دیا۔

وفا آموختی از ما بکار دیگران کردی
ربودی گوہرے از ما نثار دیگران کردی

اس کو آخر وقت تک مغالطہ رہا۔ اب اس شعر کو مٹا کر یہ شعر کندہ کرا دیجیے،

من کہ جز با تو نہ پرداختہ ام
گر بخود ساختہ ام ساختہ ام

بس مجھے اطمینان کلی میسر ہو جائے گا اور میں سکون کا سانس لے سکوں گی۔ آپ کو پھر کبھی تکلیف نہ دوں گی۔ ہاں! اگر آپ کا جی چاہے تو جا کر اس پیش قبض کو بھی دیکھ لیجیے جس نے دو ہستیوں کو ہمیشہ کے لیے جدا کر دیا اور جو 'اسٹوڈیو' میں ابھی تک ایک بوسیدہ صندوق میں پڑا ہوا ہے۔" یہ کہہ کر ناہید نے الوداع کہا۔ میں نے سمن مزار تک اس کو جاتے دیکھا، جہاں وہ نگاہ سے غائب ہو گئی۔

میں ہاتھ منہ دھو کر چائے کے وقت سے پہلے ہی سائرہ سے تنہائی میں ملا۔ اس کو لے کر سیدھا اس کمرے میں گیا جو جمال کا 'اسٹوڈیو' رہ چکا تھا۔ سب سے پہلے میری نگاہ جس چیز

پر ٹھہری وہ ایک شکستہ صندوق تھا۔ اس میں کرم خوردہ کاغذات کا ایک انبار تھا جس کے درمیان مجھے وہ پیش قبض ملا جو باوجود زنگ آلود ہونے کے اپنی خون آشامی کا اقرار آپ کرتا ہوا معلوم ہوتا تھا۔ میں نے سائرہ سے کہا اس گھر میں جتنے افراد ہیں ان میں سے ایک تم ایسی ہو جس کے سامنے میں اپنے مشاہدات بیان کر سکتا ہوں اس لیے کہ تم مجھ کو کبھی دیوانہ یا فاتر العقل نہیں سمجھو گی۔

میں نے سائرہ کو حقیقت سے آگاہ کیا تو وہ حیرت سے میرا منہ تکنے لگی۔ وہ مجھ کو جھوٹا تو سمجھ سکتی تھی اور ایسی باتوں کو آسانی سے صحیح مان لینا بھی کوئی معمولی کام نہیں۔ سائرہ نے عبدالعلی اور شمیم وغیرہ سے اس کا تذکرہ کیا اور بہت اصرار کے ساتھ کہا کہ مزار کی لوح پر وہ دوسرا شعر کندہ کرایا جائے جو ناہید مجھے بتا گئی تھی۔ لیکن اس کا جواب وہی ملا جس کی مجھے امید تھی۔ یعنی میرے ساتھ ساتھ اس کا بھی خوب مضحکہ اڑایا گیا۔ مجھ کو افسوس ضرور ہے کہ ناہید کی آخری خواہش پوری نہ کر سکا مگر میرے امکان میں جو کچھ تھا وہ کیا اور اب بھی اس سے غافل نہیں ہوں۔ میں اس کے لیے برابر دعائیں کرتا رہتا ہوں۔ کیوں کہ میرا دعائی اعتقاد یہ ہے کہ روحواں کے تعلقات اس دنیا سے کبھی منقطع نہیں ہوتے۔

یہ واقعہ مدتوں میرے غور و فکر کا موضوع رہا ہے۔ میں سوچتا ہوں اور کسی نتیجہ پر نہیں پہنچتا۔ محبت بھی کیا معمہ ہے۔ کوئی ایسا دماغ آج تک پیدا نہ ہوا جو اس طلسم کو توڑ سکتا۔ منطقی اپنے اصول، موضوع اور علوم متعارفہ لیے ہوئے بیٹھا رہ جاتا تھا۔ اور ہم دیکھ لیتے تھے کہ "ضدین" کا اجتماع اور "نقیضین" کا تطابق نہ صرف ممکن ہے بلکہ ہستی کا اصل راز ہے۔ ہم اس گتھی کو مل، اسپنسر یا سینا اور فارابی کی مدد سے نہیں سلجھا سکتے۔ اب آخر میں علمائے نفسیات اور ماہرین عصبیات کو بھی اصل واقعہ کی طرف متوجہ کرنا چاہتا ہوں۔

مجھے کامل یقین ہے کہ وہ اس کو خواب یا التباس نظر بتا کر غیر ذمہ دارانہ طور پر اپنے فرض سے سبکدوشی حاصل کر لیں گے، لیکن دوسری طرف مجھے یہ بھی اطمینان ہے کہ خود ان کو اپنی اس رائے پر بھروسہ کرنا ہوگا۔ وہ خود فریبیوں کے ذریعے سے اپنے اس کرب و اضطراب کو دور کرنا چاہتے ہیں جو تشکیک کا لازمی نتیجہ ہوتا ہے۔ کیسی مسرت کی بات ہے کہ علم انسانی کی تنگ مائیگی کا پردہ اب فاش ہو رہا ہے۔

افسانہ کو ختم کرتے ہوئے میں یہ بھی کہنا چاہتا ہوں کہ ناہید کی جو تصویر ناصری کے پاس تھی وہ اس مشہور مصور کی صناعی نہیں ہے جس کا نام مجھے بتایا گیا۔ بلکہ جمال کی سحر طرازی ہے جس کا علم میرے سوا کسی کو نہیں۔

***

۶

بڑھاپا

احمد عرصہ کی غریب الوطنی کے بعد اپنے گاؤں پریم نگر میں پرانی اور ٹوٹی پھوٹی مسجد کی مرمت کے لیے بلایا گیا۔ وہ اسی گاؤں میں پیدا ہوا تھا اور اسی گاؤں میں اس کی شادی بھی ہوئی تھی باوجود اس کے جب وہ گاڑی سے اسٹیشن پر اترا تو اپنے گاؤں کے مناظر کو مشکل سے پہچان سکا۔ ہر چیز اپنی ہیئت بدل چکی تھی۔ سب سے پہلے جو چیز اس کی بدلی ہوئی نظر آئی وہ اس کی اپنی عمر تھی۔ جس وقت اس نے اپنے گاؤں کو قبصہ میں بسنے کے لیے چھوڑا تھا اس وقت اس کی عمر اٹھارہ سال لی تھی اور آج وہ پچاس سال کا تھا۔ اس کو پریم نگر کا اسٹیشن اس طرح نیا معلوم ہوا گویا اس نے کبھی دیکھا ہی نہیں۔ اسٹیشن کے کنارے کی جھاڑیاں اور آس پاس کے درخت اس کو اجنبی اور غیر مانوس نظر آرہے تھے۔ بلکہ یہ کہنا زیادہ صحیح ہوگا کہ اب یہی چیزیں پہلے سے بہت زیادہ بدصورت اور بدنما نظر آرہی تھیں۔ کچھ اور آگے بڑھنے کے بعد احمد کو معلوم ہوا کہ غیر ذی شعور چیزوں سے کہیں زیادہ اس جوار کے انسان بدل گئے ہیں۔ درختوں اور جھاڑیوں میں تو پھر بھی کچھ نہ کچھ موانست اور ہمدردی باقی تھی۔ لیکن یہاں کے لوگ تو اس کو پہچاننے کی صلاحیت بھی کھو چکے تھے۔

احمد کو یہ جاننے میں دیر نہیں ہوئی کہ اس کے اکثر جاننے والے یا تو مر چکے ہیں یا

زمین و آسمان کی ایک گردش میں امیر سے فقیر ہو چکے ہیں، یا جو لوگ اپنی پچھلی حالت پر ہیں وہ اس کو یک قلم بھول چکے ہیں۔ اس نے اپنے مزدور سے پوچھا "کیوں نارائن تم کو اس گاؤں کا وہ ٹھوئی بھی یاد ہے جس نے اپنی بیوی کو طلاق دے دیا تھا۔ مجھے یقین ہے کہ تم اس کو بھولے نہ ہوگے اس کا نام احمد تھا۔"

"نہیں! مجھے اس نام کا کوئی آدمی یاد نہیں ہے" نرائن نے جواب دیا۔

"تعجب ہے اس واقعہ پر تو ہلچل سی مچ گئی تھی۔ گھر گھر اس کا چرچا تھا، اور در در اس کی رسوائی، اس طلاق کے معاملہ کو مولوی طفیل احمد نے طے کیا تھا جس سے بڑھ کر ریاکار مولوی اس دنیا میں نہ ہوگا، وہ اب زندہ ہے یا نہیں؟"

"خدا کا شکر ہے کہ وہ ابھی بقیدِ حیات ہیں۔ وہ تو بڑے مشہور بزرگ ہیں اور بڑی دوات اور اقبال والے ہیں۔ دو موضعوں میں حصہ دار ہیں اور ابھی حال میں بڑی دھوم دھام سے بیٹی کی شادی رچائی ہے۔"

مولوی طفیل احمد قرب وجوار میں بڑی تعظیم واحترام کی نظر سے دیکھے جاتے تھے۔ ان کو لوگ اللہ والا سمجھتے تھے اور وہ "دل بہار و دست بکار کی ایک جیتی جاگتی مثال تھے۔ انہوں نے اپنی تمام ثروت پرستی کے باوجود اپنے ٹوٹے پھوٹے خدا کے گھر کو کبھی نہیں چھوڑا تھا اور اسی مسجد میں شب و روز کا بیشتر حصہ ذکر و فکر میں گزارتے تھے جس کی مرمت کے لیے احمد دو منزل سے بلایا گیا تھا۔

تھوڑی دیر کے لیے تو مولوی طفیل احمد، احمد کو دیکھ کر سکتے میں پڑ گئے۔ وہ اس کو پہچان تو فوراً گئے لیکن اپنے تیور اور اپنے لہجہ سے اس کا اظہار کیے بغیر نہ رہ سکے کہ وہ احمد کو پہچاننے میں تامل کر رہے ہیں۔

آخر کار انھوں نے تسلیم کیا "اس کا میرے فرشتوں کو بھی گمان نہ تھا۔ کبھی اس کی

مجھے خواب میں بھی امید نہ تھی۔ کہو کچھ ناشتہ پانی لاؤں اور تو کچھ وقت پر خاطر نہیں کر سکتا۔ انڈے روٹی آسانی سے مہا کر سکتا ہوں۔ تمہاری بدولت مجھے کیا نہیں ملا۔ یہ سب کچھ تمہارا دیا ہوا ہے۔ میں تمہارے احسان سے کبھی سبکدوش نہیں ہو سکتا۔" مولوی طفیل احمد کو اعتراف کرنا پڑا۔

"آپ زیادہ زحمت نہ گوارا کریں۔ میں یہاں ایک کام پر مامور ہو کر آیا ہوں اور مجھے مسجد کا معاملہ کرنا ہے۔" احمد نے سنجیدگی اور کسی قدر سرد مہری کے ساتھ جواب دیا۔

"بہتر ہے" مولوی طفیل احمد اس سے زیادہ نہ کہہ سکے۔

تھوری دیر بعد انہوں نے اپنے حواس کو مجتمع کیا اور اتنا کہنے کی جرأت کی "لیکن دوست تم مجھ سے پہلو تو نہیں بچا رہے ہو؟ اب سارے معاملہ کو رفت گزشت سمجھو۔ اب مجھ سے بھڑکنے کی کوئی وجہ نہیں ہے۔ کسی زمانہ میں، میں بدذات اور بداعمال ضرور تھا۔ لیکن اب مجھ کو پانی کی غیر متحرک سطح سے زیادہ ساکت اور صامت سمجھو۔ میری عمر کافی گزر چکی ہے۔ میں بڈھا ہو چلا ہوں، مجھے گھاس کے پتوں سے بھی زیادہ عاجز اور بیچارہ سمجھو۔ اب میں گھر والا ہوں اور بال بچے رکھتا ہوں۔ مرنے کے دن قریب آرہے ہیں۔ ہاں وہ بھی کیا زمانہ تھا مجھے خوب یاد ہے۔ لیکن مجھے کسی طرح یقین نہیں تھا۔ تم کو یاد ہے کہ تم نے اپنی بیوی کو کس طرح طلاق دی تھی؟ اس کو تقریباً تینتیس برس ہو گئے۔ اور بہت ممکن ہے تم ساری روداد کو بھول چکے ہو مگر میرے لیے سارا واقعہ کل کی بات ہے۔ اس زمانہ میں میں بھی خاصہ شیطان تھا اور دنیاداری کے فن کا پورا ماہر تھا۔ دنیوی دولت و ثروت اس وقت میری زندگی کی سب سے بڑی کامیابی تھی۔ لیکن اب زمانہ بدل گیا ہے۔ وہ دن گئے، وہ سن گئے، نہ طبیعت میں وہ جولانی ہے نہ ہاتھ پاؤں میں وہ سکت۔ اب آغاز و انجام کا صحیح احساس شدت کے ساتھ بڑھ رہا ہے اور ضمیر پر غالب آرہا ہے۔ مختصر یہ کہ

اب موت کی اٹل گھڑی کا انتظار ہے۔"

جو کچھ مہیا ہو سکا دونوں نے کھایا اور مسجد کی طرف چلے۔ جو مولوی طفیل احمد کے مکان سے مشکل سے ایک فرلانگ کے فاصلہ پر تھی۔

"ہاں! وہ بھی کیا زمانہ تھا؟ لیکن یہ سب باتیں اب کسی طرح میری سمجھ میں نہیں آتیں"۔ مولوی طفیل احمد نے راستہ میں کہنا شروع کیا۔ "کچھ تم کو بھی یاد ہے کس طرح بیوی کو طلاق دیا تھا اور میں نے کس طرح اپنے تمام علم و فضل کا زور تمہاری حمایت میں صرف کر دیا تھا اور کس حسن و خوبی کے ساتھ قرآن و حدیث کو تمہارے گاؤں کی چیز بنادی تھی، لیکن وہ زمانہ اور تھا۔ دولت دنیا کو اس وقت میں ہو الاول، ہو الآخر سمجھے ہوئے تھا اور جو رقم تم نے مجھے دی تھی وہ بڑے سے بڑے دیانت دار اور حق پرست کو بھی ثابت قدم نہ رہنے دیتی۔ پانچ نہیں۔ توبہ۔ چھ سو کی رقم معمولی رقم نہیں ہوتی۔ تم اپنے سارے معاملہ کو میرے ہاتھ میں دے کر بستی چلے گئے اور مجھ کو اختیار دے دیا کہ جو بہتر سمجھوں کروں۔ تمہاری بیوی سکینہ اگرچہ ایک متمول بیوپاری کے خاندان کی لڑکی تھی تاہم بے انتہا مغرور اور خود غرض تھی۔ اس کو رشوت دے کر اس بات پر آمادہ کرنا کہ سارا الزام اپنے سر لے لے دشوار تھا، بے انتہا دشوار۔ میں بار بار اس کے پاس جاتا تھا کہ کسی طرح معاملہ طے کروں۔ لیکن وہ مجھے دور سے دیکھتے ہی مجھ سے کہلا بھیجتی تھی "میں آپ سے ملاقات نہیں کر سکتی" میں نے اپنی طرف سے کوئی دقیقہ اٹھا نہیں رکھا۔ اس سے ملاقات کرنے کی کوشش کے خط لکھے۔ لیکن سب بے کار۔ عرصہ تک میں اس کو راہ پر نہ لگا سکا۔ آخر کار جب تم نے اس کو پانچ سو روپے نقد دینے کا وعدہ کیا تو وہ راضی ہو گئی۔"

"پانچ سو! مجھے جہاں تک یاد ہے میں نے تو ہزار دیے تھے۔" احمد نے حسرت سے

پوچھا۔

"ہاں ٹھیک ہے۔ منھ سے پانچ سو نکل گیا" مولوی طفیل احمد نے گھبرا کر جلدی سے کہا۔

"بہرحال یہ سب تو اب گئی گزری باتیں ہیں۔ اب چھپانے سے کیا فائدہ۔ میں اقرار کرتا ہوں کہ پانچ سو میں نے لیے اور پانچ سو پر تمہارا معاملہ طے کیا۔ میں نے تم دونوں کو دھوکا دیا اور شاید کچھ ایسا برا نہیں کیا تم دونوں دولت مند تھے اور میں فاقہ مست۔ میرے پاس اگر تم سے روپے نہ آتے تو کس سے آتے؟ ان دنوں تمہارا کاروبار بھی کیسا ترقی کر رہا تھا۔ مجھے تم پر حسد ہوتا تھا۔ ہر جگہ تمہاری عزت تھی۔ ہر جگہ تمہارا بول بالا۔ دور دور تمہاری ساکھ تھی اور دور دور تمہارا نام۔ مگر خیر اب ان باتوں کو دہرانے سے فائدہ؟ اب تو اس کا وقت ہے کہ ہم ایک دوسرے کی خطاؤں کو معاف کر دیں اور بھول جائیں۔"

"درست ہے" احمد نے جواب دیا "لیکن میں یہ سننا چاہتا ہوں کہ اس کے بعد سکینہ کا کیا حال رہا؟"

"حال! پھر اس کا بڑا ابُرا حال رہا"۔ مولوی طفیل احمد نے اپنے حافظہ پر کسی قدر زور دے کر کہا "نہ جانے اس کو کیا ہو گیا تھا شاید وہ پاگل ہو گئی تھی۔ شاید اس کا ضمیر چٹکیاں لے رہا تھا کہ اس نے اپنے کو روپیوں پر کیوں فروخت کیا، یا پھر شاید اس کو تم سے بیحد محبت تھی۔ سبب جو کچھ بھی ہو لیکن واقعہ یہی ہے کہ اس کے بعد اس نے ایک بازاری آبرو باختہ عورت کی زندگی بسر کی جیسا کہ تم بھی جانتے ہو گے۔ اپنی شامت سے صورت شکل میں بھی سینکڑوں میں ایک تھی۔ پھر کیا تھا؟ آس پاس میں کون ایسا تھا جو اس کے نام کا کلمہ نہ پڑھنے لگا ہو اور کون ایسا بدنصیب تھا جس نے سکینہ کو حاصل کرنے کی مقدرت

رکھتے ہوئے اس کو حاصل نہ کیا ہو۔ غرض یہ کہ سکینہ تباہ ہوئی اور خوب تباہ ہوئی۔"

"ہاں! اس کی افتادِ طبیعت ہی کچھ ایسی تھی۔" احمد نے افسردہ لہجہ میں کہا۔ ذرا ذرا سی بات پر مجھ سے بگڑ جاتی تھی اور میری زندگی کو ایک مستقل زحمت بنائے ہوئے تھی۔ ہاں تو اس کے بعد کیا ہوا؟" ایک ہفتہ گزرا، پندرہ دن گزرے، مہینہ بھر گزرا، ایک مدت گزر گئی۔ ایک دن میں اسی مسجد میں بیٹھا کچھ لکھ رہا تھا دفعتاً وہ دروازہ سے داخل ہوئی اور چیل کی طرح جھپٹ کر میرے قریب پہنچ گئی "ملعون اپنا ملعون عطیہ واپس لے" یہ کہہ کر اس نے بڑے جلال کے ساتھ ایک تھیلی میرے سامنے پھینک دی۔ وہ آپے سے باہر ہو رہی تھی۔ اس تھیلی میں صرف ڈھائی سو روپے تھے۔ یعنی ڈھائی سو خرچ کر چکی تھی۔

"اور آپ نے ان روپیوں کو کیا کیا؟" احمد نے ایک ہلکی حقارت آمیز مسکراہٹ کے ساتھ پوچھا۔

"یہ سب گئی گزری باتیں ہیں۔" مولوی طفیل احمد نے خفّت کے ساتھ جواب دیا۔ چھپانے سے کیا فائدہ۔ میں نے بے تامل روپے لے لیے۔۔۔ لیکن تم اس طرح آنکھیں پھاڑ پھاڑ کر مجھے کیوں دیکھ رہے ہو۔ ذرا صبر و تحمل کے ساتھ اس داستان کو سنو۔ اچھی خاصی داستان ہے۔ ایک دل تنگ اور زندگی سے بیزار روح کی داستان۔ ایک ایسی ہستی کی داستان جو ہر بات سے عاجز اور پریشان ہو چکی ہو۔ آہ!

گئے وحشت سے باغ زاغ میں تھے
کہیں ٹھہرا نہ دنیا سے اٹھا دل

اس واقعہ کے دو مہینے بعد وہ پھر سر شام اسی مسجد میں میرے پاس آئی۔ اس کی آنکھیں وحشت انگیز اور ڈراؤنی معلوم ہوتی تھی۔ ایسا معلوم ہوتا تھا کہ ابھی پاگل خانہ سے نکل بھاگی ہے۔ آتے ہی اس نے درشتی کے ساتھ مجھ سے کہا۔ "میرے روپے مجھے

واپس دو۔ میں نے اپنا ارادہ بدل دیا ہے۔ اگر مجھے برباد ہونا ہے تو میں سر مستی اور دیوانگی میں برباد ہونا چاہتی ہوں۔ جلدی کرو بدمعاش میرے روپے فوراً لا کر مجھے دو۔" کیسی وحشیانہ اور غیر مہذب گفتگو تھی۔

اور آپ۔۔۔ اور آپ نے اس کو روپے دیے یا نہیں؟ احمد نے پوچھا۔

"مجھے یاد ہے۔ میں نے اس کو دس روپے دیے تھے۔" مولوی طفیل احمد نے اپنی خفت اور سراسیمگی کو چھپانے کی کوشش کرتے ہوئے کہا۔

"آپ کی حمیت نے اس کو گوارا کیوں کر کیا؟ اگر آپ خود اس کا بندوبست نہیں کر سکتے تھے یا نہیں کرنا چاہتے تھے تو آپ مجھے لکھ دیتے میں روپے بھیج دیتا۔۔۔ مجھے تو مفصل حالات معلوم نہ تھے۔"

"میں کیوں لکھتا۔ اس نے تو بعد کو خود لکھا تھا جب کہ وہ اسپتال میں پڑی ہوئی تھی۔" مولوی طفیل احمد نے طنز کے ساتھ جواب دیا۔

"میں اپنی نئی شادی میں ایسا محو تھا کہ مجھے خطوں کے پڑھنے کی فرصت کم ملتی تھی۔ مگر ہم تو کوئی اجنبی نہ تھے اور تم کو سکینہ سے کوئی پرخاش نہ تھی۔ تم نے اس کی مدد کیوں نہیں کی۔" احمد نے جواب طلب کیا۔

"اب ہمارے خیالات بدل گئے ہیں اور ہمارے معیار میں زمین و آسمان کا فرق ہو گیا ہے۔ اب ہم اسی طرح سوچنے لگے ہیں۔ لیکن اس زمانہ میں ہمارا خیال کچھ اور تھا۔ اب میں شاید اس کو ایک ہزار روپیہ دے دوں۔ لیکن اس وقت دس روپے بھی۔۔۔ دس روپے بھی مفت نہیں دیے تھے۔ اب اس واقعہ کو یاد کرتا ہوں تو سارا جسم تھر تھرانے لگتا ہے۔ اب وہ وقت آگیا کہ ہم ایسے واقعات کو بھول جائیں۔۔۔ دیکھو یہی مسجد ہے۔" مولوی طفیل احمد اور احمد معمار مسجد کے اندر داخل ہوئے اور اس کی شکستگی اور بوسیدگی کا

معائنہ کیا اور پھر باہر نکل آئے۔ احمد نے ایک طرف اشارہ کر کے کہا "مولوی صاحب یہ قبرستان اس سے پہلے تو اتنا خوشنما نہیں معلوم ہوتا تھا۔" قبرستان مسجد سے کوئی دو بیگہ فاصلہ پر تھا۔ مولوی طفیل احمد نے کہا "ہاں!" اب کچھ پختہ قبروں کے اضافہ سے اس ویران کی رونق بہت بڑھ گئی ہے۔ لیکن برا ہو گاؤں کے لڑکوں کا۔ کمبخت قبروں کے کتبوں کو مٹا جاتے ہیں۔ آؤ چلو ذرا سکینہ کی قبر دیکھ آئیں۔ اس قبرستان میں اس سے زیادہ حسین قبر کوئی اور نہیں تھی لیکن صرف چند سال میں زمانہ نے اس کو بھی مٹا کر رکھ دیا۔" احمد کے قدم بے ساختہ قبرستان کی طرف اٹھ گئے۔ مولوی طفیل احمد نے قبر کی طرف اشارہ کر کے کہا "وہ سفید صاف ستھری قبر سکینہ کی ہے۔ اس کی لوح سنگِ مرمر کی تھی جس کو گاؤں کے بدذات لڑکوں نے توڑ پھوڑ ڈالا۔ یہ قبر میاں شرافت کی بنوائی ہوئی ہے۔ تم ان کو خوب جانتے ہوگے کہ وہ کتنے بڑے زمیندار ہیں۔ تم بھی کبھی ان کے آسامی رہ چکے ہو۔ تمہارے جانے کے بعد سکینہ کے چاہنے والوں میں یہی ایک شخص ایسا تھا جو واقعی اس کو چاہتا تھا، اور جس نے اس کے مرنے کے بعد بھی اپنی محبت کی بلند آہنگی کو اپنی جگہ قائم رکھا۔ میاں شرافت سکینہ کا نام آتے ہی اب بھی بیساختہ رو پڑتے ہیں۔"

احمد آہستہ آہستہ قدم اٹھاتا ہوا سکینہ کی قبر کے پاس پہنچا۔ اس کی رفتار سے ایک عبرتناک سنجیدگی ٹپک رہی تھی۔ مولوی طفیل احمد نے اس کو محسوس کیا، اور اپنی صورت کو سنجیدہ بنالیا۔ اس وقت فضا میں بھی ایسا سکوت تھا کہ گویا قبرستان کے سکوت نے ساری کائنات پر اپنا تسلط جمالیا ہے، یا پھر خود فضا کا ذرّہ ذرّہ موت کی دنیا میں پہنچ گیا ہے۔ احمد قبر کو دیر تک عالم یاس و عبرت میں دیکھتا رہا۔ مولوی طفیل احمد بھی اس کی نقل کرتے رہے بڑی دیر کے بعد انہوں نے کہا "یہ ابدی نیند ہے، اس نیند سے کوئی کسی کو بیدار نہیں کر سکتا، اب سکینہ کو یہ بھی احساس نہیں ہوگا کہ اس نے بلاوجہ سارے الزامات اپنے سر

لے لیے تھے۔ گنہگار دراصل تم تھے احمد، تم نے اس رنڈی سے شادی کرنے کے لیے سکینہ کو طلاق دیا۔۔۔"

"نہیں! سکینہ سے چھٹکارہ پانے اور اس رنڈی سے شادی کرنے کے لیے طلاق دیا۔" احمد نے بات کاٹ کر جواب دیا۔

"سکینہ کے ساتھ میری زندگی ضیق میں ہو رہی تھی، اس کا بات بات پر مجھ سے لڑ بیٹھنا میرے تحمل سے باہر تھا۔"

"خیر" مولوی طفیل احمد نے اپنی شرارت آمیز مسکراہٹ کے ساتھ کہا۔ "لیکن میری سمجھ میں نہیں آتا کہ اس بڑھاپے میں حقیقت کو چھپانے سے کیا فائدہ؟"

"کیا؟" احمد نے چونک کر پوچھا۔

"میاں" مولوی طفیل احمد نے بے دریغ ہو کر کہا۔ "اس کے صرف یہ معنی ہیں کہ ہمارا ماضی کیسا ہی خراب رہا ہو ہماری موجودہ زندگی سے بہتر تھا۔" یہ کہہ کر مولوی طفیل احمد نے پہلے اپنے اور پھر احمد کے سفید بالوں کی طرف اشارہ کیا۔

"بھائی جان اس زمانہ میں تو میں کبھی موت کا خیال بھی دل میں نہیں لایا تھا، مگر اب میں موت کو اس قبر کی صورت میں اپنے روبرو دیکھ رہا ہوں۔ کاش میں اس کو اس کی زندگی میں دیکھ سکا ہوتا، شاید اس حالت میں اس کے کچھ کام آسکتا۔"

احمد کا دل بیٹھنے لگا، جی کھول کر رونا چاہتا تھا جس طرح کبھی وہ جی کھول کر محبت کرنا چاہتا تھا، اور اس کو یقین تھا کہ یہ آنسو اس کی روح کو سکون بخشیں گے۔ لیکن وہ رو نہ سکا۔

اس کی پلکیں نم ہو کر رہ گئیں۔ مولوی طفیل احمد اس کی بغل میں کھڑے تھے۔ احمد کو اس خیال سے شرم آرہی تھی کہ اس کی کمزوری کو محسوس کرنے والا ایک دوسرا شخص بھی اس کے قریب ہے لیکن وہ مجبور تھا۔ اس کی آواز پھنس رہی تھی، اور وہ نہ چلّا کر رو

سکتا تھا، نہ اپنے ساتھی سے باتیں کر سکتا تھا۔ آخر کار دونوں مسجد میں واپس آئے۔

آخر کار دو گھنٹے کے بعد جب کہ احمد نے مولوی صاحب کو اپنے ایک شاگرد سے باتوں میں مشغول پایا تو وہ چپکے سے سیدھا پھر قبرستان پہنچا تا کہ سکینہ کی قبر پر رو کر کچھ اپنے دل کی بھڑاس نکالے۔ وہ دبے پاؤں قبر کی طرف جا رہا تھا، اور پھر پھر کر دیکھتا جاتا تھا کہ کہیں کوئی اس کو دیکھتا نہ ہو، اس نے محسوس کیا کہ قبر کی ٹوٹی ہوئی روح اس کو گھور گھور کر دیکھ رہی ہے اور اس کو پہچاننے کی کوشش کر رہی ہے۔

لیکن احمد رو نہ سکا اس لیے کہ رونے کا وقت نکل چکا تھا۔ وہ بڑی کوشش کے بعد چند آنسوؤں سے اپنی آنکھوں کو صرف چمکا سکا۔ لیکن یہ آنسو پلکوں سے نیچے نہ گر سکے اور پھر اس کے حلق میں آواز پھنسنے لگی۔ دس منٹ تک احمد جی کھول کر رونے کی کوشش کرتا رہا مگر رو نہ سکا۔ آخر کار مایوس ہو کر مولوی طفیل احمد کے پاس مسجد میں واپس آیا اور پھر کبھی جی کھول کر رونے کی کوشش نہیں کی۔

***

۷

تم میرے ہو

میں جو واقعات بیان کرنا چاہتا ہوں وہ الہ آباد کی اس عمارت سے متعلق ہے جو لب جمنا واقع ہے اور "احسان منزل" کے نام سے مشہور ہے۔ واقعات ایسے ہیں جو آسانی سے سب کی سمجھ میں آسکتے ہیں اور میں سمجھانے کی فضول کوشش بھی نہیں کروں گا، کیونکہ دنیا میں بہیتری باتیں ایسی ہوتی ہیں جن کی توجیہ ناممکن ہوا کرتی ہے۔ اسکے علاوہ ہر موقع پر نظریۂ تعلیل کے رو سے بحث کرنا اس بات کی دلیل ہے کہ انسان کی نگاہ سطحی ہے اور وہ صغریٰ و کبریٰ کی بندشوں سے آزاد ہونا نہیں چاہتا ہے اور جو لوگ ہر بات کی تاویل کرنے لگتے ہیں اُن کو میں کم نظر اور تنگ خیال سمجھتا ہوں۔

سب سے پہلے یہ بتا دینا ضروری ہے کہ میرے دماغ میں کوئی فتور نہیں ہے اور نہ میں واہمہ پرست ہوں جیسا کہ اکثر ناظرین کو شبہہ پیدا ہو جائے گا۔ میں نفسیات کا ماہر سمجھا جاتا ہوں۔ میں نے قوائے انسانی اور ان کے افعال کا پورا مطالعہ کیا ہے۔ میں فلسفہ اور منطق کی تکمیل کر چکا ہوں، یہی نہیں بلکہ سیکڑوں کو ان علوم میں سبق دے چکا ہوں یعنی مدتوں سے پروفیسری کر رہا ہوں۔ البتہ میں کبھی صرف علمی اصطلاحوں میں نہیں الجھا، میں جانتا ہوں کہ انسان کا علم محدود ہونے کے علاوہ اضافی اور اعتباری ہے۔ حقیقت عقل کے ذریعے معلوم نہیں کی جاسکتی ہے، صرف دل کے توسط سے محسوس کی جاسکتی

ہے۔ لہٰذا اگر میں یہ کہوں تو غلط نہ ہو گا کہ،

من ز قرآں بر گزیدم مغز را
استخواں پیش سگاں انداختم

میں نے "احسان منزل" اس لیے کرائے پر لی تھی کہ یہ عمارت ایسی جگہ تھی جہاں انسان کسی بلا کسی کی مداخلت کے سکون کے ساتھ جو چاہے کر سکتا ہے، اور میں ایسی ہی پر سکون جگہ کی ضرورت محسوس کر رہا تھا کیونکہ مجھے ڈاکٹری کی ڈگری لینے کے لیے اپنی کتاب تیار کرنی تھی۔

مرزا احسان علی صاحب جن کا یہ مکان تھا الٰہ آباد کے ایک سربر آوردہ رئیس اور ممتاز وکیل تھے۔ وہ قرب وجوار میں آزاد خیال مشہور تھے، ان کی آزاد خیالی کا اندازہ اس سے ہو سکتا ہے کہ انھوں نے اپنی اکلوتی لڑکی کو اُردو، فارسی اور عربی کے علاوہ انٹرنس تک انگریزی تعلیم بھی دلوائی تھی۔ الٰہ آباد میں گھر گھر اسی کا چرچا تھا، لڑکی کی شادی ہو گئی تھی۔ لیکن قدرت کا کارخانہ ہی نرالا ہوتا ہے۔ شادی کو پانچ برس بھی پورے نہیں ہوئے تھے کہ بیچاری نہ جانے کس مرض میں مبتلا ہو کر دنیا سے چل بسی۔ والدین کے لیے یہ ایسا دھکا نہ تھا جس کی وہ تاب لا سکتی، ان کی دنیا تاریک ہو گئی۔ "احسان منزل" جو واقعی فردوس کا ایک نمونہ تھی ان کے لیے دوزخ ہو گئی، انسان سکون حاصل کرنے کے لیے نئی نئی تدبیریں سوچتا ہے۔ چنانچہ احسان علی صاحب مع اپنی بیوی کے حج کو چلے گئے جس کا اس سے پیشتر اُن کو کبھی خیال بھی نہ گزرا ہو گا۔

"احسان منزل" یوں تو ڈیڑھ سو روپیہ ماہوار سے کم کی عمارت نہ تھی لیکن احسان علی صاحب کی تاکید تھی کہ اُس کے صرف پچاس روپیہ کرایہ لیے جائیں اور وہ بھی یتیموں میں تقسیم کر دیے جائیں۔ مکان نہایت وسیع اور شاندار تھا۔ اس کے چار کمروں

میں احسان علی صاحب کے سارے سامان مقفل تھے، اس پر بھی مکان میں اتنی گنجایش تھی کہ ایک پورا خاندان آرام سے رہ سکتا تھا۔

"احسان منزل" میں مجھے آئے ہوئے پانچ چھ روز ہو گئے تھے، اس دوران میں میں نے اپنے وقت کا بیشتر حصہ ایک ہی کمرے میں صرف کیا تھا، بلکہ یوں کہیے کہ ابھی تک دوسرے کمروں کی وضع و قطع پر غور کرنے کی نوبت بھی نہ آئی تھی۔ ایک دن کا ذکر ہے کہ شام کو کالج سے واپس آیا، میرے ساتھ دو تین احباب بھی تھے، میں نے خدمت گار سے کہا کہ آج چائے دوسرے کمرے میں پی جائے گی۔ یہ کمرہ اُس کمرے کی پشت پر تھا جس میں میں رہا کرتا تھا۔

خدمت گار نے چائے لاکر میز پر لگادی اور ہم لوگ چائے کے ساتھ فلسفہ کے چند اہم مسائل بھی حل کرنے لگے، اتنے میں میرے ایک دوست نے ایک گوشے کی طرف اشارہ کرکے پوچھا کہ "یہ کس کی تصویر ہے؟" میری نگاہیں بھی اٹھ گئیں۔ دیکھا تو ایک بیس برس کی عورت وقار نسائیت کا مجسمہ بنی ہوئی بیٹھی ہے، اس کی آنکھوں میں ایک مسحور کرنے والی متانت تھی۔ اس کے تیور بتلا رہے تھے کہ یہ عورت دنیا میں صرف مٹنے اور مٹانے آئی تھی۔ اب تک حسن کے مفہوم سے میں ناآشنا تھا۔ میں کسی عورت کی سحر آفرینیوں سے مغلوب نہیں ہوا تھا، لیکن اس تصویر میں نہ جانے کون سی قوت تھی کہ اپنے احباب کے چلے جانے کے بعد گھنٹوں اس کو دیکھتا رہا اور وہاں سے کسی طرح ہٹنے کو جی نہیں چاہتا تھا۔ میں سمجھ گیا کہ یہ احسان علی صاحب کی لڑکی کی تصویر ہے جس کی جدائی کے صدمہ نے ان کو ترک وطن پر مجبور کیا۔

دوسرے دن میں آٹھ بجے رات تک باہر رہا، موسم سرما کا آغاز تھا۔ چاندنی رات تھی، لوٹتے وقت "احسان منزل" تک تو مجھے اپنے گرد و پیش کی کچھ خبر نہ تھی۔ میں

بیر گسان کے مسئلہ "عقل و بداہت" میں محو تھا جس نے دنیائے فلسفہ میں ایک نیا موضوع پیدا کر رکھا ہے، مگر احاطہ میں داخل ہوتے ہی ایک ناقابل بیان اندرونی تحریک سے میری نظر باغ کے اُس گوشے کی طرف اٹھ گئی جو مکان کے داہنے جانب تھا اور جہاں آمدورفت بہت کم ہوتی تھی۔ میری حیرت کی کوئی انتہا نہ تھی جب میں نے دیکھا کہ ایک عورت ساری میں ملبوس کھڑی ہے اور اس کے دونوں ہاتھ میری طرف بڑھے ہوئے ہیں۔ میں جلدی سے برآمدے میں اسی جانب آگیا تاکہ اس کو قریب سے دیکھ سکوں۔ کیا بتاؤں میں نے کیا دیکھا اور اگر بتاؤں تو اس کو مانتا کون کافر ہے۔ میں اس عورت کو ایک نگاہ میں پہچان گیا۔ احسان علی صاحب کی لڑکی جس کی تصویر میں کل میں کھو گیا تھا۔ آج اپنے خاکی پیکر میں میرے سامنے تھی۔ اس میں اور اس کی تصویر میں سر مو فرق نہیں تھا۔ وہی سن وہی صورت، وہی رعنائی، گویا اتنے زمانے کے امتداد کا اس پر کوئی اثر نہیں پڑا تھا۔

میرے پڑھنے والے اس کو التباس حواس کہہ کر ٹال دیں گے، لیکن مجھ کو اپنے حواس کا بہتر علم ہے اور میں اپنے حواس پر پورا اعتماد رکھتا ہوں۔ میں اس منظر سے گھبرایا نہیں، مجھے محسوس ہونے لگا کہ قریب اور دور کی ہر چیز پر ایک نیا اور انوکھا رنگ پھر گیا ہے۔ مگر میں یہ نہ سمجھ سکا کہ وہ اپنے ہاتھ کس کی طرف بڑھائے ہوئے ہے اور کیوں۔ یہ چاند کی دیوی زیر لب کچھ کہتی بھی جاتی تھی جس کو میں صاف سن نہ سکا۔ کچھ دیر تک تو برآمدے میں کھڑا دیکھتا رہا۔ آخر کار ضبط نہ کر سکا اور نیچے اُتر کر اس کی طرف بڑھا۔ وہ دور ہٹ گئی۔ میں آگے بڑھتا گیا اور وہ پیچھے ہٹتی گئی، یہاں تک کہ وہ مکان کے عقب میں ہو گئی اور اب جو میں نے اُدھر آکر دیکھا تو اس کا کہیں وجود نہ تھا۔ پھر میں نے "احسان منزل" کے چاروں طرف گشت لگایا مگر مجھے وہ عورت نہ دکھلائی دی۔ میں حیران تھا، تاہم

مجھے یقین تھا کہ جو کچھ میں نے دیکھا وہ کوئی خواب و واہمہ نہ تھا بلکہ اس کے اندر کوئی نہ کوئی اصلیت پوشیدہ تھی۔ تقریباً ایک گھنٹہ سرگرداں رہنے کے بعد میں اپنے کمرے میں یہ کہتا ہوا چلا آیا کہ "ہنوز چشمش نگراں است کہ ملکش باد گراں ہست۔"

خدمت گار کمرے میں میرا انتظار کر رہا تھا، میں نے فوراً کھانا لانے کا حکم دیا۔ کھانے کے بعد میں نے خدمت گار کو خلاف معمول وقت سے پہلے رخصت کر دیا۔ چلتے وقت اس نے کہا "حضور! مجھے ایک بات کہنی ہے، اکثر باغ میں اور کبھی کبھی مکان کے اندر بھی کسی کی آہٹ ملتی ہے۔ اور بعض دفعہ تو درختوں کے سایہ میں مجھے کوئی چلتا پھرتا نظر آتا ہے۔ نہ جانے کیا بلا ہے۔ بہتر یہ ہے کہ حضور اس مکان کو چھوڑ دیں، مجھے تو بڑا ڈر معلوم ہوتا ہے۔"

میں نے مسکرا کر کہا "یہ سب تمہارا خیال ہے اس وہم کو اپنے دل سے دور کر دو، ڈرنے کی کوئی وجہ نہیں۔" نوکر کو تو میں نے جاہل اور بیوقوف بنا دیا مگر میں خود کیا تھا؟ سچ تو یہ ہے کہ نوکر نے چند جملے کہہ کر میرے یقین کو اور بھی پختہ کر دیا تھا۔ یعنی جو کچھ میں نے دیکھا تھا وہ میری نظر کا دھوکا نہ تھا۔

ساڑھے دس بج چکے تھے آج مطالعہ میں میرا جی نہیں لگتا تھا۔ میں گزشتہ واقعہ پر تبصرہ کر رہا تھا اور کسی طرح کچھ سمجھ میں نہ آتا تھا۔ مجھے رہ رہ کر غیر مانوس قدموں کی آہٹ محسوس ہوتی تھی۔ کئی بار اُٹھ کر کمرے سے باہر گیا مگر کچھ نظر نہ آیا۔ آج مجھے کچھ خلش سی تھی اور میرا دل کہہ رہا تھا کہ کوئی نئی بات ہونے والی ہے۔

گھڑی نے گیارہ بجائے۔ یکایک تصویر والے کمرے میں کچھ گرنے کی آواز آئی۔ میں نے جلدی سے اپنا پستول لیا اور کمرے کا دروازہ کھول کر برقی قمقمہ روشن کر دیا۔ میں نے دیکھا کہ ایک نحیف الجثہ شخص کھدر کی میلی دھوتی اور کرتہ پہنے ہوئے سامنے کھڑا

ہے، وہ مجھے اور میرے پستول کو خاموشی کے ساتھ عجیب بے معنی نگاہوں سے دیکھ رہا تھا۔ اس دوران میں مجھے پورا موقع مل گیا کہ اُسے غور سے دیکھ سکوں۔ یہ آدمی صورت سے مریض معلوم ہوتا تھا اور آنکھوں سے دیوانہ۔ اس کے جسم میں ہڈیوں کے سوا کچھ نہ تھا۔ مجھے معلوم ہو گیا کہ یہ کوئی آفت رسیدہ شخص ہے اور کسی کو کوئی ضرر نہیں پہنچا سکتا۔ یہ سوچ کر میں نے پستول جیب میں رکھ لیا اور اُس سے پوچھا "تم کون ہو؟"

"چور یا ڈاکو کے سوا جو سمجھیے۔" اس نے ایک تلخ مسکراہٹ کے ساتھ جواب دیا۔

"لیکن باہر کے کمرے کا دروازہ تو بند تھا تم یہاں کیسے آئے؟"

"کھڑکی ذرا سی جنبش سے کھل جاتی ہے۔ یہ میں جانتا تھا۔" اس نے کہا۔

"یہاں آئے کس غرض سے ہو؟" میں نے پوچھا۔

اس نے ایک ٹھنڈی سانس بھری اور تصویر کی طرف اشارہ کرکے "یہ مجھ سے نہ پوچھیے اس سے پوچھیے۔"

یہ کہہ کر وہ بے ساختہ رونے لگا، مجھے اُلجھن ہونے لگی۔ میں نے پھر دریافت کیا "تم کو اس سے کیا تعلق ہے؟"

"قبل اس کے کہ میں آپ کو اپنی پوری داستان سناؤں آپ میرے ہمدرد بننے کا وعدہ کیجیے، آپ فلسفی سمجھے جاتے ہیں۔ مجھے ڈر ہے کہ کہیں آپ میرے تمسخر نہ کریں اور اس سے بڑھ کر میرے جذبات کی توہین نہیں ہوسکتی۔ میں آپ کی ہنسی کی تاب نہ لا سکوں گا، میں ایک مٹا ہوا آدمی ہوں۔ میرے پاس سوا اپنے جذبات کے اور کچھ نہیں ہے جس پر میں ناز کر سکوں، یہی میری دنیا ہے، یہی میری دولت ہے۔"

وہ ایک سانس میں اتنا کہہ گیا اور اب اس کا دم پھولنے لگا، وہ کم زور تھا، اس کے لب ولہجہ سے ایک طنز آمیز سنجیدگی ٹپک رہی تھی۔ مجھے اسکے ساتھ خود ہی ہمدردی ہو گئی تھی،

میں نے خلوص دل سے وعدہ کیا کہ اس کے جذبات کا احترام کروں گا، وہ بدستور رو رہا تھا۔ اس کے جسم میں لرزہ تھا، نہ جانے کیوں بار بار میرے ذہن میں یہ خیال آرہا تھا کہ یہ شخص گھڑیوں کا مہمان ہے۔ میں کسی جدید اکتشاف کا منتظر تھا، لیکن اس کا رونا کسی طرح بند نہ ہوتا تھا، آنکھیں لال ہو رہی تھیں، دم الٹتا ہوا معلوم ہوتا تھا، یہ وہ سماں تھا کہ مجھ جیسے بطی الحس آدمی سے بھی نہ رہا گیا، میں نے اس کے گلے میں ہاتھ ڈال کر کہا "آخر کچھ بتاؤ تو اس طرح سے رو رو کر کیوں جان کھو رہے ہو؟" اس کے جسم کو چھونے سے معلوم ہوا کہ اس کو شدید تپ چڑھی ہوئی ہے، اور وہ اسی وجہ سے کانپ رہا تھا۔ میں نے کہا "تم کو بخار چڑھا ہوا ہے اور تم کوئی گرم کپڑا نہیں پہنے ہو، یہیں بیٹھے رہو میں اپنا کمبل لیتا آؤں۔"

"انصاری صاحب!" اس نے مجھے مخاطب کیا۔

"تم کو میرا نام کس نے بتایا؟" میں نے بات کاٹ کر تعجب سے دریافت کیا۔

"یہیں کسی سے معلوم ہوا کہ اس مکان میں جہاں میرے نفس کی تہذیب و تربیت ہوئی ہے پروفیسر انصاری صاحب رہتے ہیں۔ ہاں تو میں یہ کہنا چاہتا تھا کہ آپ فضول زحمتیں نہ گوارا کیجیے، میں کرتے اور دھوتی کے سوا اپنے بدن پر کوئی اور کپڑا نہیں ڈالتا، مدت سے یوں ہی بسر کر رہا ہوں۔ میں نے سعی بسیار کے بعد اپنے کو اس طرز معاشرت کا خوگر بنایا ہے اور مجھے اسی میں سکون ملتا ہے۔ البتہ اگر ایک بوتل شراب مل جائے تو میں اپنی سرگزشت بیان کرنے کے قابل ہو جاؤں۔"

مجھے اس کی حالت پر رحم آنے لگا۔ میں نے نوکر کو شراب لانے کے لیے فوراً اسٹیشن بھیجا اور خود چائے بنانے میں مصروف ہو گیا۔ اس نے مجھے روکنا چاہا مگر میں نے تیور چڑھا کر کہا "تم میرے مکان میں بلا اجازت داخل ہو گئے، اس کی سزا میں تم کو کمبل بھی اڑھاؤں گا وار چائے بھی پلاؤں گا۔" وہ پھر کچھ نہ بولا اور اپنی آنسو بھری آنکھوں

سے تصویر کی طرف دیکھنے لگا۔ پھر مجنونانہ انداز سے اٹھا اور تصویر کو اتار لایا، اب اس کی وہ حالت تھی جسے صرف ہذیان یا خفقان کہہ سکتے ہیں۔ اُس نے تصویر کو سینہ سے اس زور سے لپٹایا کہ گویا اپنی پسلیوں کو توڑ کر اس کو اندر رکھ لینا چاہتا ہے۔ میں سمجھ گیا کہ اس کے مرض کی اصلیت کیا ہے، مگر تفصیل سے ناواقف تھا۔ اسکی مضطربانہ حرکتوں سے خود بے قابو ہو چلا تھا، چائے تیار ہو چکی تھی۔ میں نے اس کو ایک پیالی دی اور کہا ذرا ضبط سے کام لو، اس طرح بے قابو ہونا شیوۂ مردانگی سے دور ہے۔"

میرے ان جملوں نے اس کو بدمزہ کر دیا، اس نے تصویر سامنے رکھ دی اور ایک مصنوعی مگر نہایت تلخ مسکراہٹ سے یہ شعر پڑھا،

"حریفِ کاوشِ مژگانِ خونریزش نۂ زاہد
بدست آورگِ جانے ونشتر راتماشا کن"

پھر کہنے لگا "انصاری صاحب! میں جانتا تھا کہ آپ مجھے مغلوب الاعصاب سمجھ کر میری ہنسی اڑائیں گے۔ آپ نفسیات کے ماہر ہیں اس لیے ناصح کا کام شاید آپ کو زیب دیتا ہے، لیکن میری صلاح یہ ہے کہ کبھی کبھی آپ فلسفہ سے بے نیاز ہو کر زندگی کے راز پر غور کیا کیجیے،

"اے آنکہ دائم عاقلی دیوانہ یکدم نیز شو"

عقل تو انسان کے لیے ایک کھلونے سے زیادہ وقعت نہیں رکھتی۔ اس میں صلاحیت ہی نہیں کہ زندگی کے سنجیدہ اور اہم مسائل کو سمجھ سکے، ذرا جذبات کی دنیا میں آیئے اور سمجھنے کی کوشش کیجیے، اس وقت نہ صرف مظاہر و حوادث آپ کی سمجھ میں آجائیں گے بلکہ آپ اس طلسم کدہ سے واقف ہو جائیں گے جس کو افلاطون "عالمِ مثال" کہتا ہے۔

آپ کو معلوم ہونا چاہیے کہ میں نے بھی فلسفہ میں ایم، اے کیا ہے اور اس کے بعد علمی دنیا میں وہ وقار حاصل کیا جو ہر شخص کی قسمت میں نہیں آتا۔ بڑے بڑے لوگوں میں اپنی جودت طبع اور زبان و قلم کے زور سے ممتاز رہ چکا ہوں، میں آپ کو بتادیتا اور آپ تسلیم کرلیتے کہ زندگی کا اصل راز کیا ہے اور شوگۂ مردانگی کس کو کہتے ہیں، لیکن اب نہ وہ دل و دماغ رہا نہ وہ حوصلہ،

مانچہ خواندہ ایم فراموش کردہ ایم
الاحدیث دوست کہ تکرار میکنم

آپ میرا نام جاننے کے لیے بیتاب ہیں؟ شاید آپ بھی مجھے جانتے ہوں۔ میرا نام جمیل ہے جس نے اردو صحافت میں ایک نئی روح پھونکی، جو افسانہ نویسی میں آپ اپنی نظیر ہے، جو فن تنقید کا پیشوا مانا جاتا ہے۔"

"کیا تم وہی جمیل ہو جو احسان علی صاحب کے اخبار "نقیب الملت" کا ایڈیٹر تھا اور جو انگریزی زبان کے بہترین مقرروں میں گنا جاتا ہے؟"

"جی ہاں وہی جمیل!" اُس نے بے پروائی کے ساتھ جواب دیا، "آپ کو میرا وہ خطاب نہیں معلوم جس پر میری خاک کے ذروں کو بھی ناز رہے گا،، یعنی (تصویر کی طرف اشارہ کرکے) سائرہ کا مبتلا۔" یہ کہہ کر اس نے تصویر پھر اٹھالی۔ اور پاگلوں کی طرح اس کو چوم کر سینہ سے لگالیا۔ میں ششدر تھا اس لیے کہ جمیل کا نام سن کر مرعوب ہوگیا تھا، جس نے آج تک مباحثوں اور مناظروں میں کسی سے شکست نہیں کھائی، مجھے یقین تھا کہ وہ اشعار پڑھ پڑھ کر مجھ کو احمق بنادے گا اس وقت اس کی "حدیث دوست" کے سامنے کوئی منطق ٹھہر نہیں سکتی تھی۔ میں دیکھ رہا تھا کہ وہ اپنے ہوش میں نہیں ہے، اس پر بھی اس کے جوش تکلم کا یہ عالم تھا کہ کم از کم میں تو اس کا مقابلہ نہیں کرسکتا تھا۔

چنانچہ میں خاموش اس کی زندگی کے حالات سننے کا منتظر تھا۔ اس نے چائے ختم کی اور مجھ سے ایک سگریٹ لے کر پینے لگا۔ اتنے میں شراب بھی آگئی۔ میں نے شیشہ کے گلاس میں ڈھال کر اس کے سامنے رکھ دی، اس نے مجھ سے کہا "میں شرابی نہیں ہوں۔ لیکن کبھی کبھی اپنی قوتوں کو اکٹھا کرنے کے لیے پی لیتا ہوں، لوگ خود فراموشی کے لیے شراب پیتے ہیں اور میں اپنے کو یاد کرنے کے لیے۔ اگر آج نہ پیوں تو آپ مجھ سے کچھ نہ سن سکیں گے۔

جمیل کے آخری جملوں نے مجھ پر گہرا اثر کیا اس نے جلدی سے پورا گلاس خالی کر دیا اور کرتے کے دامن سے منھ پوچھ کر اپنا الم نامہ بیان کرنا شروع کر دیا۔

"تصویر کی طرف اشارہ کر کے) اب تو غالباً آپ اس قدر سمجھ گئے ہوں گے کہ" یہ احسان علی صاحب کی لڑکی سائرہ ہے، یعنی میری "معبود"۔ لفظ "معبود" سے آپ مجھے کور ذوق اور یاوہ گو تصور کریں گے۔ لیکن یقین مانیے میں اس ہستی کو کسی اور لقب سے یاد ہی نہیں کر سکتا۔ وہ میری بیوی نہ تھی اور نہ میری کوئی غرض اس سے وابستہ تھی، تاہم میں سائرہ کا پرستار تھا۔ اس کے سامنے مجھ پر وہ کیفیت طاری ہو جاتی تھی جسے "حیرانی" یا "انفعالیت" کہہ سکتے ہیں۔ اس کو دیکھ کر میرے جذبات عبودیت برانگیختہ ہو جاتے تھے، میرے اندر ایک ہلچل مچ جاتی تھی اور بے ساختہ جی چاہتا تھا کہ سربسجود ہو جاؤ، پھر بتایئے کہ سائرہ کو معبود نہ کہوں تو کیا کہوں؟"

جمیل دم لینے کے لیے رک گیا، میری سمجھ میں نہ آتا تھا کہ کیا کہوں یا کروں میں تو اسکی حالت کو ایک قسم کا عصبی دورہ سمجھ رہا تھا، اگر اپنی رائے اس پر ظاہر کرتا تو وہ نہایت آسانی سے ثابت کر دیتا کہ اس سے زیادہ سمجھنے کی مجھ میں قابلیت ہی نہیں۔ اس ڈر سے میں نے خاموش رہنا بہتر سمجھا۔ جمیل نے پھر سلسلہ شروع کیا۔

احسان علی صاحب میرے چچا ہیں، میرے والد بیس برس کی عمر میں گھر سے خفا ہو کر حیدر آباد چلے گئے تھے اور چونکہ ارادہ کے پکے تھے انھوں نے پھر کبھی وطن کا رخ نہیں کیا، وہ حیدر آباد میں ایک ممتاز عہدہ پر مامور ہو گئے اور وہیں شادی کر کے بس گئے۔ میں وہیں پیدا ہوا اور انٹرنس تک تعلیم پانے کے بعد علی گڑھ بھیج دیا گیا، وہاں میں ہمیشہ ایک ممتاز حیثیت رکھتا تھا، فلسفہ، سیاسیات اور ادبیات میں میرے استاد مجھ سے رائے لیا کرتے تھے۔ ہندوستان کے انگریزی اور اردو رسائل میں مضامین لکھ لکھ کر میں نے ایام طالب علمی ہی میں کافی نمود حاصل کر لی تھی۔ ایم، اے کرنے کے بعد ایک مقتدر روزنامہ کی ادارت مجھے مل گئی جس کے لیے ڈیڑھ سو روپے ماہوار مجھے دیے جاتے تھے، والد چاہتے تھے کہ مجھے بھی کسی بلند عہدے پر مامور کرا دیں، لیکن میرے فطری میلان سے مجبور ہو گئے۔ اخبار کی ایڈیٹری نے میری شہرت کو پر لگا دیے اور دنیائے صحافت میں میں صائب الرائے مان لیا گیا۔ فطرت اپنا کام پورا کرنے کے لیے بہانے ڈھونڈ لیا کرتی ہے۔ میری ماں مجھے دس برس کا چھوڑ کر مر گئی تھی۔ اخبار کی ایڈیٹری کرتے ہوئے سال ہی بھر ہوئے تھے کہ والد بیمار پڑے اور مجھے چھٹی لے کر حیدر آباد جانا پڑا، مرض رفتہ رفتہ بڑھتا گیا اور تھوڑے ہی عرصہ میں معلوم ہو گیا کہ وہ وقت آ گیا ہے جس کی بابت کہا جاتا ہے کہ ٹالے نہیں ٹلتا، اطبا ہاتھ پاؤں مارتے رہ گئے اور والد جینے کی امید موہوم لیے ہوئے اس دنیا سے چل بسے۔ احسان علی صاحب اور دیگر اعزہ تعزیت کے لیے پہنچے، اور یہیں سے میری زندگی کا نیا دور شروع ہوتا ہے۔

احسان علی صاحب نے والد کی وفات کے کچھ دنوں بعد سخت اصرار کیا کہ اب میں حیدر آباد چھوڑ دوں اور ان کے ساتھ رہوں۔ وہ یہ بھی نہیں چاہتے تھے کہ میں کہیں ملازمت کروں، انھوں نے نہایت پیار کے لہجے میں کہا "خدا کا دیا میرے پاس بہت کچھ

ہے، تم اور سائرہ بغیر ہاتھ پاؤں ہلائے عیش و عشرت کی زندگی بسر کر سکتے ہو۔ کوئی وجہ نہیں کہ کسب معاش کے لیے دربدر پھرتے رہو۔ تمکو "نقیب الملت" کے ہوتے ہوئے کسی اور اخبار کی ایڈیٹری کرنے سے یوں بھی عار ہونا چاہیے۔ الٰہ آباد چلو اور وہیں بیٹھے بیٹھے کتابیں بھی تصنیف کرو اور "نقیب الملت" کو بھی اپنے ہاتھ میں لو۔"

ان کے ایک ایک لفظ سے خلوص نیت کا پتہ چلتا تھا اور یہ ایسا جادو ہوتا ہے جو آن کی آن میں قلب ماہیت کر سکتا ہے۔ ظاہر میں کوئی معقول وجہ نہ تھی کہ ملازمت ترک کر کے احسان علی صاحب کے ساتھ ہولیتا۔ لیکن انھوں نے کچھ اس انداز سے مجھے یہ سب کچھ کہا کہ میرے حیدر آبادی اقربا کی کچھ نہ چلنے پائی۔ اور میں از سر نو زندگی شروع کرنے کے لیے الٰہ آباد جانے پر آمادہ ہو گیا۔"

جمیل کا ہیجان آہستہ آہستہ بڑھ رہا تھا، اس کی سانس گھٹنے لگی جس کی وجہ میرے خیال میں یہ تھی کہ وہ ایک ہی لمحہ میں اپنی تباہی کی ساری داستان بیان کر دینا چاہتا تھا لیکن یہ ممکن نہ تھا، اسلیے کہ اس کے دل میں ایک تلاطم تھا۔ اسکی ایک ایک رگ میں قیامت برپا تھی۔ وہ جس قدر جلد مجھے اپنی زندگی کے حالات سے آگاہ کرنا چاہتا تھا اسی قدر اس کو دیر ہو رہی تھی اور اس کا افسانہ طویل ہوتا جاتا تھا۔ جمیل تھوڑی دیر ادھر اُدھر وحشیانہ نگاہوں سے دیکھتا رہا اُس کے بعد ایک گلاس شراب اور پی کر سلسلہ شروع کیا،

"احسان علی صاحب کو واقعی مجھ سے بے انتہا محبت تھی اور گھر کے دوسرے افراد بھی مجھے وقعت کی نگاہ سے دیکھتے تھے، الٰہ آباد میں میری قابلیت اور طباعی پہلے سے مشہور تھی، اہل مذاق مجھے غائبانہ طور پر جانتے تھے۔ اب جو میں یہاں کے سربر آوردہ لوگوں سے ملا تو ان کے حلقہ میں میری شخصیت کا سکہ بیٹھ گیا۔ مختصر یہ کہ ہر شخص مجھ سے مرعوب تھا، لیکن میں خود جس ہستی سے مرعوب ہو گیا وہ سائرہ تھی۔ (تصویر کو مخاطب

کر کے) آہ! سائرہ!

"تو جلوہ دادی و مدہوش کردہ مارا"

یہی سائرہ جس کو اس وقت آپ میری گود میں دیکھ رہے ہیں، اب سائرہ میری ہے۔"

آخری جملہ اس لہجہ میں کہا گیا تھا جو پتھر کو موم کر سکتا تھا۔ میں خود متاثر ہوئے بغیر نہ رہ سکا۔ میرا دل دُکھ گیا۔ میں نے جمیل کے سر پر ہاتھ پھیرتے ہوئے کہا" اپنے ساتھ اتنا ظلم نہ کرو، تم نہ جانے دُنیا میں کیا ہوتے۔ مگر دیکھو تو اپنے کو کیا کر ڈالا۔۔۔"

"نصیحت کی ضرورت نہیں، مجھ کو مخلصانہ ہمدردی کی ضرورت ہے۔ انصاری صاحب! اگر آپ میری داستان سے بے کیف ہو رہے ہیں تو میں یہیں ختم کر کے آپ سے معذرت مانگ لوں۔ لیکن اب مجھے صلاح نیک سے ممنون کرنے کی کوشش نہ کیجیے، میں متحمل نہیں ہو سکتا۔" اس نے چڑھ کر جواب دیا اور مجھے یقین ہو گیا کہ اب وہ اپنی بربادی کو "خوش آمدید" کہہ رہا ہے۔ میں نے کہا "معاف کرو، مجھ سے غلطی ہوئی، تم اپنے حالات سناؤ، مجھے تم سے لگاؤ ہو گیا ہے۔"

اس نے اپنے تیور درست کر کے پھر شروع کیا۔

"یوں تو حیدرآباد میں احسان علی صاحب کے منھ سے سائرہ کا نام سنتے ہی میرے کانوں نے ایسا محسوس کیا تھا کہ فضا میں ایک لطیف ارتعاش پیدا ہو گیا ہے مگر اس کو میں نے اپنی لطافت مذاق پر محمول کیا تھا، کیونکہ سائرہ فی الحقیقت ہے بھی نہایت لطیف نام۔ میں نے اپنے مذاق کے مطابق سائرہ کا ایک تصور قائم کر لیا تھا، لیکن یہاں آکر معلوم ہوا کہ میرے تصور کو اصلیت سے کوئی نسبت نہ تھی۔ یہ کہنا بیکار ہے کہ سائرہ حسین و جمیل تھی۔ ممکن ہے جس کو میں حسین و جمیل کہوں وہ آپ کی نگاہ میں کریہہ المنظر اور بدہیئت

ہو، اتنا ضرور کہوں گا کہ میرے نقطۂ نظر سے اُس میں "کاروبار دلداری" کے تمام "نکات" موجود تھے۔ اس میں وہ "آن" تھی جس کو حافظؔ "عین دلبری" سمجھتے ہیں۔ میں نے اب تک عورت اور محبت کے موضوع پر کبھی غور نہیں کیا تھا اور اس لحاظ سے اپنے کو خوش نصیب تصور کرتا تھا، مجھے یقین تھا کہ محبت جیسی غیر واضح اور مہمل چیز کبھی مجھ پر قابو نہیں پاسکتی۔ میں مطمئن تھا، لیکن آنے والا وقت مجھ پر ہنستا رہا ہو گا۔

"سائرہ سے ملنے کے بعد مجھے معلوم ہو گیا کہ مجھے ابھی بہت کچھ سیکھنا ہے۔ میں رفتہ رفتہ محسوس کرنے لگا کہ سائرہ غیر معمولی ہستی ہے اور صرف مجھ پر حکومت کرنے آئی ہے۔ اس شکست کا مجھ کو کبھی گمان بھی نہ تھا۔"

سائرہ کی شادی میرے آنے سے چھ ماہ پہلے ہو چکی تھی۔ ذرا میری بے بسی پر غور کیجیے، مجھے اپنی محبت پیش کرنے کا بھی کوئی حق نہ تھا۔ وہ دوسرے کے ساتھ پیمان رفاقت باندھ چکی تھی، اس کی شادی ڈاکٹر ابو ظفرؔ کے ساتھ ہوئی تھی جو یہاں کے مشہور ڈاکٹر ہیں۔ ڈاکٹر کی دنیا "گوشت و پوشت" سے آگے نہیں بڑھتی۔ ابو ظفر کو سائرہ کے ساتھ دلچسپی ضرور تھی۔ لیکن اس کا کیا علاج کہ وہ اس کی توقعات کو پورا کرنے کی صلاحیت نہیں رکھتے تھے، سائرہ لطیف ترین جذبات کی عورت تھی اور ابو ظفر ہر اس چیز کو بے بنیاد اور لایعنی سمجھتے جس کو وہ اپنی جراحی کے ذریعہ سے مشاہدہ میں نہ لا سکتے ہوں۔ دونوں کی طبیعتوں میں خاک اور عالم پاک کی نسبت تھی، ان کی زندگی ایک معاملہ ہو کر رہ گئی تھی جس کو دونوں نہایت حسن و خوبی سے نباہ رہے تھے۔ میں آیا تو سائرہ نے ایسا سمجھا کہ اس کے لیے کوئی فرشتہ نازل ہو گیا ہے جو اس کی زندگی کو لطافت سے معمور کر دے گا۔ آہ! اس کو کیا خبر تھی کہ جس کو وہ فرشتۂ رحمت سمجھ رہی ہے وہ اس کے حق میں "تباہی کا شیطان" ثابت ہونے والا ہے۔"

جمیل کے ہونٹ کانپنے لگے اور وہ تھوڑی دیر تک اس قابل نہ تھا کہ سلسلہ کو جاری رکھ سکے، کچھ تو شراب نے اور کچھ جذبات کے ابھار نے اس کے زرد چہرہ کو کسی قدر سرخ بنادیا تھا۔ چند لمحوں تک خاموش رہنے کے بعد اس نے مجھ سے ایک اور سگریٹ مانگا اور اپنے حواس کو از سر نو مجتمع کر کے کہنا شروع کیا،

"آپ کے لیے شاید میرے افسانہ میں کوئی دلچسپی نہ ہو، ممکن ہے آپ مجھ کو بدکردار کہیں اس لیے کہ میں نے ایک ایسی عورت سے محبت کی جو غیر کی بیوی تھی لیکن آپ اس کو ذہن نشین کر لیجیے کہ محبت سوچ سمجھ کر نہیں کی جاتی بلکہ یہ کہنا چاہیے کہ "محبت کی نہیں جاتی ہو جاتی ہے"۔ محبت اگر دوشیزہ سے ہو سکتی ہے تو بیاہی عورت سے بھی ہو سکتی ہے۔ بہر حال سائرہ سے مجھ کو محبت ہو گئی اور یہ محبت روز افزوں ترقی کرنے لگی۔ میں نے اس کو مدتوں حقیقت حالت سے بے خبر رکھا، مگر پرستش کی نگاہیں چھپ نہیں سکتیں، اُس کو بھی میرے کیفیات قلب کا پتہ چل گیا اور وہ متفکر سی رہنے لگی۔ ابھی تک میں نے اپنے منھ سے کچھ نہیں کہا تھا اور نہ اس نے کچھ کہا تھا لیکن نگاہوں نے تبادلۂ خیلات کر لیا تھا، گویا،

"پرستش تھی اور پائے سخن درمیاں نہ تھا"

ایک سال اسی طرح گزر گیا اور اپنی فرصت کا بیشتر حصہ میں اسی کی صحبت میں گزارا کرتا، اس کا علمی اور ادبی ذوق میرے لیے بہانہ ہو گیا تھا۔ سائرہ کی محبت میری جولانی طبع کے لیے تازیانہ ہو گئی۔ چنانچہ اس زمانہ میں میں نے بہترین سیاسی و اقتصادی مضامین لکھے اور چار بیش بہا کتابیں تصنیف کیں جن کی دھوم ہو گئی۔ سائرہ کتب بینی کی شیدا تھی، اس کو مجھ سے مدد ملی۔ میں اس کو روزانہ کم سے کم چار گھنٹے پڑھایا کرتا تھا۔ جب وہ اپنی سسرال میں ہوتی جو یہاں سے تقریباً ڈیڑھ میل کے فاصلہ پر ہے تو وہاں جا کر اس

کی صحبت سے کیف اندوز ہوتا، کبھی کسی کو کوئی اعتراض نہ ہوتا تھا، سب سمجھتے تھے کہ ہم کو ایک دوسرے کے ساتھ محض ادبی لگاؤ ہے۔ لیکن رفتہ رفتہ یہ بات مشہور ہونے لگی کہ مجھے اُس سے غیر معمولی اُنس ہے جو ممکن ہے کوئی خطرناک صورت پکڑ لے۔ ہمارا سکون چھن گیا، دونوں متردد رہنے لگے۔ مگر ابھی ہماری پرانی روش میں سر مو فرق نہیں آیا۔ سائرہ نے صورتِ حال سے تجاہل عارفانہ کیا اور میں بھی چپ رہا۔ نہ اُس نے مجھ سے کچھ کہا اور نہ میں نے اُس سے۔ بیاہی عورت کو چاہنا عیب سمجھا جاتا ہے، دنیا والوں کے دماغ میں محبت اور معصیت کا تصور پہلو بہ پہلو آتا ہے۔ وہ سمجھ ہی نہیں سکتے کہ محبت کرنے والوں کا دامن کبھی آلائشوں سے پاک رہ سکتا ہے۔

"سائرہ کے ساتھ میری شیفتگی کی کوئی انتہا نہ تھی، اس سے دور رہ کر میرا جی کسی کام میں نہ لگتا تھا، میں ہر وقت اس سے قرب چاہتا تھا۔ یہ شیفتگی لوگوں کی نگاہ سے نہ بچ سکی۔ میں سائرہ کی ذرا سی تکلیف دور کرنے کے لیے ہر وقت اپنی جان نثار کرنے پر آمادہ رہتا۔ میں سائرہ کی محبت کو اپنی مغفرت کا ذریعہ سمجھ رہا تھا۔ مجھے اب بھی یقین ہے کہ میری نجات صرف اس لیے ہوگی کہ میں نے سائرہ کو دل و جان سے چاہا۔ ہاں تو ہماری محبت رُسوا ہونے لگی۔ احسان علی صاحب مجھ سے کشیدہ ہوگئے۔ ابو ظفر نے مجھ سے سرد مہری کا برتاؤ شروع کر دیا۔ رشتہ داروں میں سرگوشیاں ہونے لگیں۔ سائرہ کی کلفتوں کی انتہا نہ تھی میں دلگیر رہنے لگا۔ وقت نازک ہو گیا تھا اور اب کم از کم میرے لیے ضبط سے کام لینا دشوار ہو گیا تھا، آخر کار وہ دن بھی آگیا جب ہم دونوں کے تکلف کا پردہ فاش ہو گیا۔ سائرہ نے میری زبان سے سن لیا کہ میں اس کے لیے اپنے دل میں ایک معبد تیار کر چکا ہوں اور میں جان گیا کہ سائرہ میرے جذبات سے اس طرح متاثر ہو چکی ہے کہ اب وہ مجھ سے کبھی بے نیاز نہیں ہو سکتی۔

"ایک روز کا ذکر ہے کہ سائرہ کی ساری میں سانپ لپٹ گیا۔ میں اس کے قریب کسی سوچ میں کھڑا تھا، اس کے ہاتھ میں "کلیات نظیری" تھی۔ میری نظر سانپ پر جا پڑی، پھر مجھے ہوش نہیں کہ میں نے کیونکر اس کو اپنے ہاتھ سے پکڑ کر پھینک دیا، بعض موقعے ہوتے ہیں جہاں صرف جذبات کی تحریک سے کام ہو سکتا ہے، سانپ کو دیکھ کر اگر میرے حواس بجا رہتے اور میں اپنی ہستی کو بھول نہ جاتا تو شاید سائرہ میری آنکھوں کے سامنے چند منٹ میں دم توڑتی ہوتی۔ میری دیوانہ وار حرکت کا علم گھر میں ہر شخص کو ہو گیا اور اشارے ہونے لگے۔ سائرہ کے کمرے میں بہت سے لوگ جمع ہوئے۔ میں سیدھا باہر گیا اور گیارہ بجے رات تک "احسان منزل" میں داخل ہوا۔

گرمی کا زمانہ تھا میں بر آمدہ میں اپنے بستر پر لیٹا سائرہ کے ساتھ اپنی زندگی پر غور کر رہا تھا۔ میں یہ فیصلہ کر چکا تھا کہ کچھ دنوں بعد مجھے "احسان منزل" کو "الوداع کہنا ہے، اگرچہ اس کے ساتھ مجھے یہ بھی یقین تھا کہ سائرہ سے علیحدہ ہو کر اب میری تمام قوتیں بیکار ہو جائیں گی، یعنی وہ میرے تمام اچھوتے خیالات اور نرالے افکار کی محرک بن چکی تھی۔ میں نے ایک خاص ہستی کو اپنے ذوق عبودیت کا مرکز بنالیا تھا اور اب جو اس کی طرف سے نگاہ پھیر کر دیکھتا تو دنیا بے کیف اور تیرہ و تار نظر آتی۔ اسی کشاکش جذبات میں دو بج گئے۔ یکایک میرے کمرے میں لیمپ کی روشنی جس کو میں دھیمی کر آیا تھا تیز ہو گئی۔ میں نے چاہا کہ اٹھ کر دیکھوں کون ہے کہ اتنے میں سائرہ میرے سامنے آکر کھڑی ہو گئی اور دبی ہوئی آواز میں مجھ سے کہا "ذرا سُن لو"۔ اس کی آواز سے کسی قسم کی گھبراہٹ نہیں پائی جاتی تھی۔ میں اس طرح اٹھا جیسے کسی نے مجھ پر سحر کر دیا ہو اور اس کے ساتھ کمرے میں چلا گیا، وہ کرسی پر بیٹھ گئی اور بغیر کسی تمہید کے مجھ سے پوچھا "آج تم سے جو اضطراری حرکت سرزد ہو گئی تھی اس کے کیا معنی تھے؟" میں اس طرز تکلم

سے متحیر رہ گیا اور باوجود اس کے کہ میرے دل میں بہت کچھ تھا لیکن اس کے سنجیدہ تیور دیکھ کر تھوڑی دیر تک اپنی ساری فصاحت و بلاغت بھول گیا۔ مجھ کو خاموش دیکھ کر اس نے پھر کہا "جواب جلد دو، ابھی نہ جانے کتنی باتیں میں جاننا چاہتی ہوں اور وقت بہت کم ہے۔"

وہ ضبط سے کام لے رہی تھی ورنہ اس کے چہرے کے آثار کہہ رہے تھے کہ وہ ایک تاب شکن اور صبر آزما طوفان کو دبانے کی کوشش کر رہی ہے۔ میں نے اس دفعہ ہمت کر کے جواب دیا "میں نے جو کچھ کیا اس کے صرف اس قدر معنی تھے کہ اس دنیا کو میں تم سے خالی نہیں دیکھنا چاہتا تھا۔" میری زبان کھل گئی اور مجھے یقین ہو گیا کہ آج کی رات فیصلہ کن ہو گی۔

"یعنی تم مجھ سے اس طرح وابستہ ہو گئے ہو کہ اب مجھ سے علیحدہ ہو کر تمہاری زندگی بے مزہ ہو جائے گی۔" اس کی سنجیدگی میں دُکھے ہوئے دل کی جھلک نظر آ رہی تھی۔ اس کی بیباکی اس بات کی دلیل تھی کہ شک و شبہ کی تاب نہیں لا سکتی اور کسی قطعی نتیجہ پر پہنچنا چاہتی ہے۔ ابھی تک وہ جس لہجہ میں بات کر رہی تھی وہ مجھے ناگوار ہو رہا تھا۔ میں نے کہا "سائرہ! یہ بات محسوس کرنے کی ہے پوچھنے کی نہیں۔" میں نے چند الفاظ میں اپنی روداد بیان کر دی تھی۔ اب ضبط کرنا سائرہ کے بس کی بات نہ تھی۔ اس نے بے اختیار ہو کر کہا "دیکھو جمیل! میرے خیال کو مستحکم نہ ہونے دو، میں جس چیز کو اپنا وہم سمجھنا چاہتی ہوں اس کو سنگین حقیقت بنا کر میرے سامنے نہ پیش کرو۔ قیامت برحق ہو یا نہ ہو، موت یقینی ہو یا نہ ہو لیکن یہ امر مسلمہ ہے کہ ہم کو ایک دوسرے سے جدا ہونا ہے، پھر اپنے لیے جیتے جی دوزخ تیار کرنا کہاں کی دانائی ہے؟"

"یہ سب مجھے معلوم تھا اور اسی وجہ سے میں نے اب تک تم سے اپنی محبت کا اظہار

نہیں کیا کہ ممکن ہے تمہاری زندگی بے کیف ہو جائے۔ مگر تم میری فکر نہ کرو، میں اپنی دوزخ کو جنت بنانا جان گیا ہوں۔ میں اس راز سے واقف ہو گیا ہوں کہ محبت کے کانٹے بھی پھول ہوا کرتے ہیں، تم سے محبت کر کے نہ جانے میں نے کیا کیا سیکھا ہے۔ سائرہ! میں بہک رہا تھا تم نے مجھے سیدھے راستے پر لگا دیا۔ جب میں سوچتا ہوں کہ سائرہ ایسی ہستی کو میں چاہتا ہوں تو میں اپنی قسمت پر گھمنڈ کرنے لگتا ہوں۔

"زاں نیازے کہ بتو ہست مرا نازے ہست"

"بس! بس! اس سے زیادہ سن کر میں جی نہیں سکتی جب کہ ہمارا ایک ساتھ اٹھنا بیٹھنا بھی دشوار ہو رہا ہے۔ دنیا والے اس کو گوارا نہیں کر سکتے کہ دو پاک روحیں آپس میں ملیں۔ میرے والد اس قدر آزاد خیال ہوتے ہوئے بھی اب تمہارا میرے ساتھ رہنا معیوب سمجھتے ہیں۔ میں رفتہ رفتہ تم کو اپنا سمجھنے لگی تھی اور میرا دل تمہاری طرف کھنچا اور اس طرح کہ پھر اسی طرف کا ہو کر رہ گیا۔ میں نے اس میں کوئی برائی نہیں دیکھی، یہ کوئی گناہ نہ تھا۔۔۔"

سائرہ اس سے زیادہ نہ کہہ سکی، اس کی زبان رُک گئی اور بے اختیار رونے لگی۔ یہی ایک موقع میرے زندگی میں ایسا ہوا جب کہ میں نے سائرہ کو پیار کیا، اس وقت قیود کی پابندی کے کوئی معنی نہ تھے، میں نے اس کو بے ساختہ اپنی گود میں لے لیا۔ میری آغوش میں وہ اور بھی جی کھول کر روئی۔ خود میری آنکھیں بھیگ رہی تھیں مگر میں رو نہ سکا۔ جب سائرہ کا دل کچھ ہلکا ہوا تو اس نے میرے چہرے کی طرف دیکھ کر کہا" جمیل! میں کہہ نہیں سکتی کہ میں تم کو کتنا چاہتی ہوں۔ اس عرصہ قلیل میں میرے دل پر محبت کا وہ نقش بیٹھا ہے جو مٹائے مٹ نہیں سکتا۔ مجھے یقین تھا کہ تم میرے ہو اور میں اپنے کو خوش نصیب سمجھنے لگی تھی۔ آہ! مجھے دھوکا ہو گیا کہ اب تک اپنی زندگی میں جو کمی محسوس کر

رہی تھی وہ پوری ہو گئی، یعنی مجھے ایک ہم مذاق رفیق مل گیا، مگر ہم ایک دوسرے سے چھینے جا رہے ہیں۔ بتاؤ تو ہم نے کون سا ایسا گناہ کیا تھا جس کی یہ سزا تجویز کی جا رہی ہے، تمہاری لوگ شادی کرنا چاہتے ہیں تاکہ تم راہ راست پر آ جاؤ۔ دیکھتے ہو جمیل! تم ابھی تک بے راہ چل رہے تھے۔ خدا کے لیے اس "پریشان خواب" سے چونکو اور مجھے بھول جاؤ۔ مجھے بھول جاؤ اور اپنے کو سُدھارو، میں تمہارے راستے میں رکاوٹیں پیدا کر رہی ہوں۔ تم جاؤ اور دنیا کی مقبول عام زندگی بسر کرو، مجھے خود دیکھو کہ میں دوسرے کی ملکیت ہو کر رہ گئی ہوں اور تمہاری کوئی اُمید مجھ سے پوری نہیں ہو سکتی، پھر اپنے کو میرا مبتلا کیوں بناؤ؟"

سائرہ نے پھر رونا شروع کیا، مجھے معلوم ہو گیا کہ اس کا گھاؤ میرے گھاؤ سے زیادہ خطرناک ہے۔ عورت کا دل یوں بھی مرد کے مقابلہ میں زیادہ زخم پذیر ہوتا ہے۔ اس کو مجھ سے محبت ہو گئی تھی اور یہ اس کی پہلی محبت تھی۔ دنیا اس کو سائرہ کی کمزوری سمجھے مگر میں سمجھتا ہوں کہ یہی اس کی سب سے زبردست قوت تھی۔ بہر حال اب وہ مجھے بھول نہیں سکتی تھی۔ لیکن سب سے زیادہ روح فرسا صدمہ جو اس کے لیے تھا وہ یہ تھا کہ میری شادی ہونے والی ہے۔ دوران گفتگو میں وہ کئی بار مجھ سے کہہ چکی تھی کہ "تم میرے ہو" اور اس خیال سے وہ بے چین ہو رہی تھی کہ میں کسی اور کا بھی ہو سکتا ہوں۔ یہ افواہ میں نے بھی سنی تھی کہ احسان علی صاحب اور میرے دوسرے خیر خواہ میرے لیے رفیقۂ زندگی کی تلاش کر رہے ہیں۔ لیکن میں اپنا فیصلہ کر چکا تھا۔ میں نے سائرہ کے بالوں پر ہاتھ پھیرتے ہوئے کہا "سائرہ! میں یوں بھی شادی نہ کرتا اس لیے کہ میں شادی کرنے والے جانوروں میں سے نہیں ہوں اور اب جب کہ تم میری زندگی کو نت نئی رنگینیوں سے معمور کرنے کے لیے مل گئی ہو تو ناممکن ہے کہ میں ان رنگینیوں میں کسی قسم کی آلودگی پیدا کروں۔ میں تمہارا ہوں اور تمہارا رہوں گا۔ میں تم سے دور رہ کر صرف

تمہاری یاد کے سہارے جی سکتا ہوں۔ قرب و دوری یا وصال و ہجر کی اصطلاحیں میرے لیے کوئی خاص معنی نہیں رکھتیں۔ البتہ آج تم نے ایک تشویش پیدا کر دی ہے۔ اگر مجھ سے دور رہ کر میرے خیال سے اپنی زندگی کو پر کیف بنانا تم کو دشوار معلوم ہوتا ہے تو خدا کرے تمہارا دل مجھ سے پھر جائے ورنہ برباد ہو جاؤ گی۔ یہ نہ ہونا چاہیے۔ محبت کو جو لوگ دُکھ بنالیتے ہیں میں اُن کو تحسین کی نگاہوں سے نہیں دیکھ سکتا۔ میں عنقریب الٰہ آباد چھوڑنے والا ہوں، تم اس انقلاب کا مقابلہ کرو اور اطمینان کے ساتھ اب تک جیسی زندگی بسر کرتی رہی ہو بسر کرو۔ وعدہ کرو کہ میرے کہنے پر عمل کرو گی؟"

میں نے دیکھا سائرہ کی حالت مجھ سے زیادہ تشفی کی محتاج ہے۔ مجھے اندیشہ کیا یقین تھا کہ میری جدائی اس کے لیے خطرناک ثابت ہو گی۔ اسی لیے میں اس سکون کے ساتھ اس سے گفتگو کر رہا تھا، ورنہ خود مجھ میں اتنی تاب نہ تھی۔ کائنات میری نظر میں بے رنگ ہو رہی تھی۔ سائرہ کو میں چھوڑ رہا تھا۔

سائرہ کو میری گفتگو سے بہت کچھ تسکین ہوئی۔ اس نے اپنے آنسو پوچھ کر کہا "ہاں! تم میرے ہو اور میں تمہاری، دنیا کی کوئی قوت فی الحقیقت ہم کو ایک دوسرے سے جدا نہیں کر سکتی۔ خواہ ہمارے درمیان بعد المشرقین ہی کیوں نہ حائل ہو۔"

"ہاں بس یہ سمجھ لو اور پھر تم کو کوئی دُکھ نہ ہو گا۔ محبت تو ایک مزے کی چیز ہے اس میں تلخیاں نہ پیدا کرو۔ میں ایک ہفتہ میں یہاں سے چلا جاؤں گا، تم اپنا جی نہ کُڑھانا، میں دنیا میں بڑے سے بڑا کام تمہارا نام لے کر اور تمہاری راہ میں کروں گا۔ بس جاؤ اور شگفتہ رہنے کی کوشش کرو۔" میں نے اس کی پیشانی پر بوسہ دے کر اپنا جملہ ختم کیا۔

"لیکن اس قدر جلد آپ کو مجھے چھوڑ دینے کی کیا ضرورت ہے؟" سائرہ نے حسرت ناک لہجہ میں کہا۔

"سائرہ! مجھے ثابت قدم رہنے دو۔ تم کو معلوم نہیں کہ اب ہمارا ایک جا رہنا کیا کیا بد مزگیاں پیدا کر سکتا ہے۔ محبت ایسے ماحول میں اظہار کے بعد خوفناک ہو جایا کرتی ہے۔ میں تم کو مٹانا نہیں چاہتا۔" میں نے کہا۔ لیکن اس کی آنکھیں کہہ رہی تھیں "تم مٹاؤ یا نہ مٹاؤ میں تو مٹ چکی۔" میں نے اس کو رخصت کر دیا کیونکہ چار بج چکے تھے اور خود بیٹھ کر سوچنے لگا۔ میں بیان نہیں کر سکتا کہ میرے دل و دماغ کی کیا حالت تھی۔ سائرہ کے نوید محبت سے مجھ کو بے انتہا سکون ہوا مگر خود اس کی حالت مجھے بے چین کر رہی تھی۔ بہر حال تھوڑی دیر تک میں ایسی دنیا میں تھا جہاں بجز میرے اور سائرہ کے کسی دوسری چیز کا وجود نہ تھا۔ انصاری صاحب! معلوم ہوتا ہے اس وقت سے صدیاں گزر گئیں۔"

جمیل کے خیالات کا مرکز بدل گیا اور اس کی آنکھوں میں پھر آنسو بھر آئے۔ اس نے تصویر کی طرف دیکھا اور عجیب پر اثر لہجہ میں یہ شعر پڑھا،

شمیمِ مہر زباغِ وفا نمالی ید
بہر چمن کہ تو بشگفتہ صبا خفتہ است

میں نے دیکھا اب وہ پھر بہک رہا ہے اس لیے آدھا گلاس بھر کر شراب اس کو دی جس سے اس کا جوش عود کر آیا اور وہ داستان کا باقی حصہ سنانے لگا،

"اب افسانہ زیادہ طول نہیں ہے، مجھے افسوس ہے کہ میں آپ کو اس قدر زحمت دے رہا ہوں،

اس رات کے بعد میں کل دس دن الہ آباد میں رہا اور اس درمیان میں سائرہ سے بہت کم ملا، ورنہ اپنے ارادہ پر شاید قائم نہ رہ سکتا۔ مگر اتنا مجھے اچھی طرح معلوم ہے کہ اس کی آزردگی بڑھ رہی تھی۔ احسان علی صاحب وغیرہ کو بھی خبر ہو گئی تھی کہ میں نے لاہور میں ایک انگریزی اخبار کی ایڈیٹری قبول کر لی ہے اور اب الہ آباد کو ہمیشہ کے لیے چھوڑ

رہاہوں۔ انھوں نے رسماً مجھے روکنا چاہا۔ لیکن میں بچہ نہ تھا، اُن کا بشرہ کہہ رہا تھا "خس کم جہاں پاک" آہ! اُن کو یہ خبر نہ تھی کہ اُن کی "بہترین دولت" بھی اس "خس" کے بعد ان کے پاس زیادہ دنوں تک نہ رہے گی۔ میں خود سمجھتا تھا کہ سائرہ کو زمانہ بہلائے گا لیکن محبت نے اس کو پختہ منفر بنادیا تھا۔ مرد اپنی محبت کو فلسفہ، ادبیات، شاعری صناعی اور دوسری دلچسپیوں میں بہلالے گا۔ لیکن عورت ایسا نہیں کر سکتی۔ وہ جب محبت کرتی ہے تو محبت ہی کی ہو کر رہ جاتی ہے، اور یہی ہوا، لاہور میں میں نے مختلف مصروفیتیں نکال لی تھیں اور میرا وقت کٹ جایا کرتا تھا۔ اسمیں شک نہیں کہ سائرہ کا خیال مجھے بے چین رکھتا تھا اور میں ایک لمحہ کے لیے بھی اس کو بھولتا نہیں تھا۔ میں اخبار میں گورنمنٹ کے خلاف مقالے لکھتا تھا اور سمجھتا تھا کہ سائرہ ان کو پڑھ کر خوش ہوگی، میں تقریریں کرتا تھا اور ایسا محسوس کرتا تھا کہ سائرہ بیٹھی سُن رہی ہے۔ یہ وہ زمانہ تھا جب کہ کھدر پوشی اور ترک تعاون کی شورش ہندوستان میں ایک سرے سے دوسرے سرے تک پھیل رہی تھی۔ لاہور میں میں اس شورش میں نمایاں حصہ لے رہا تھا، میں سکون و اطمینان سے محروم ہو چکا تھا اور اب اس پر شور زندگی میں میری پراگندہ دلی کام آگئی، مجھے فخر ہے کہ میں نے عوام کی صلاح و بہبود میں کافی حصہ لیا ہے۔ سائرہ کی محبت نے مجھے ایک کارآمد چیز بنادیا۔ غالبؔ نے اگر کبھی کفر بکا ہے تو وہ اس شعر میں،

عشق نے غالب نکما کر دیا
ورنہ ہم بھی آدمی تھے کام کے

عشق انسان کو انسان بنادیتا ہے۔ خیر!

سائرہ سے علیحدہ ہو کر مجھے اپنی زندگی کی پروا نہیں تھی۔ چنانچہ جب ایک اشتعال انگیز تقریر پر مجھ کو دو سال قید کی سزا ملی تو میں نے اس کو جنت سمجھا۔ مجھے اپنی ذات سے

ضد ہو گئی تھی۔ میں تین سال سے اسی طرح کُرتہ اور دھوتی میں بسر کرتا ہوں۔ اس کے علاوہ میں اس زمانہ میں سگریٹ اور شراب بہت پینے لگا تھا جس نے میری صحت خراب کر ڈالی تھی۔ ڈاکٹر کہا کرتے ہیں کہ میرے دل کی حالت اندیشہ ناک ہے۔ مگر مجھے اس کی فکر نہیں۔ قید میں میری تندرستی اور بھی خراب ہو گئی اور مجھے ہلکی حرارت رہنے لگی جو کبھی کبھی تیز بھی ہو جاتی ہے۔

اس تین سال کے اندر میرے اور سائرہ کے درمیان کوئی خط و کتابت نہیں ہوئی تھی۔ جب میں قید سے چھوٹا تو لاہور میں مجھے ایک کارڈ ملا جس میں صرف اس قدر لکھا تھا،

کر چکے تم تو دشت پیمائی
مجھ سے گھر بیٹھے خاک چھنوائی

نیچے دستخط کی جگہ "س" لکھا ہوا تھا۔ مجھے دھکا لگا اور اس طرح کہ پھر کبھی میں سنبھل نہ سکا۔ سائرہ کی حالت کا مجھے کوئی علم نہ تھا۔ اس شعر نے سائرہ کی شبیہ میرے سامنے کر دی۔ اس نے مجھے اس قابل نہ چھوڑا کہ میں یکسوئی کے ساتھ اپنا کام کر سکتا۔ میرا دل کہہ رہا تھا کہ سائرہ مر رہی ہے۔ اکثر انسان کو بلا کسی توسط کے ہونے والی بات کا علم ہو جاتا ہے۔ تقریباً ایک ہفتہ بعد مجھے ایک الٰہ آبادی دوست سے معلوم ہوا کہ سائرہ چار ماہ سے بیمار ہے اور حالت مایوس کن ہے۔ ڈاکٹروں نے "ورم دل" تشخیص کیا جو عموماً جان لے کر جاتا ہے۔ میں نے بہت چاہا کہ چل کر اس کے بستر مرگ پر چار آنسو گرا آؤں مگر میری ہمت نہ پڑی۔ میں اپنی ذات کو اس کی تباہی کا ذمہ دار سمجھنے لگا تھا، میں اس کا گنہگار تھا۔ میں خود فنا ہونے کی کوشش کر رہا تھا، سائرہ فنا ہو گئی، میں سخت جان سانس لے رہا ہوں۔ سائرہ کے دل میں اس خیال نے جڑ پکڑ لی تھی کہ میں اس کے لیے مٹ رہا ہوں

اور وہ اس خیال کو مرتے دم تک نہ نکال سکی۔ ایک مہینہ بعد مجھے اطلاع ملی کہ وہ اپنی "مٹی کی خواب گاہ میں ہمیشہ کے لیے سو گئی ہے۔ میں اس کو نہ دیکھ سکا۔"

جمیل پھر تصویر کو مخاطب کر کے کہنے لگا "سائرہ! دنیا کے لیے تو مر گئی مگر میرے لیے زندہ ہے۔ میں تجھے اٹھتے بیٹھتے، سوتے جاگتے دیکھتا ہوں اور تجھ سے اپنے جذبات کا اظہار کر لیتا ہوں۔ دنیا والوں کو امیدیں مجھ سے منقطع ہو گئیں تو وہ مجھے پاگل سمجھنے لگے۔ اخباروں میں چھپ گیا کہ میرا دماغ اپنے افعال متعینہ میں کوتاہی کر رہا ہے۔ لیکن تو خوب جانتی ہے کہ اصلیت کیا ہے۔ اب ایک لمحہ کے لیے تو مجھے فرصت نہیں دیتی کہ میں کوئی دوسرا کام کروں۔"

جمیل چپ ہو گیا اور سرنگوں ہو کر آنسو بہانے لگا۔ جب اس نے سر اٹھایا تو میں نے پوچھا "اب تم کیا کرتے ہو اور یہاں کس غرض سے آئے ہو؟"

اس نے مجھ کو ایک ایسی نگاہ سے دیکھا جس کے میں معنی نہ سمجھ سکا۔ اور تھوڑی دیر تک خاموش رہنے کے بعد جواب دیا "ہاں! ابھی افسانہ کی تکمیل نہیں ہوئی ہے آپ نے اچھا کیا کہ مجھ سے دریافت کیا۔ میں اب بھی لاہور میں اسی اخبار کا ایڈیٹر ہوں۔ لیکن میری ایڈیٹری برائے نام ہے۔ میں نے دس مہینے سے نہ ایک حرف لکھا ہے نہ کوئی تقریر کی ہے۔ میرے احباب جاننا چاہتے ہیں کہ مجھ میں یہ انقلاب کیوں ہوا۔ مگر ان کو سمجھانے کی فرصت کسے۔ آج تو نہ جانے کس رَو میں میں نے آپ کے سامنے اپنی سرگزشت بیان کر دی۔ آج نہ جانے کیوں مجھے ایسا معلوم ہوتا ہے کہ سائرہ مجھ سے قریب ہے۔ پانچ روز کا ذکر ہے کہ لاہور میں میں اپنے کمرے میں بستر پر پڑا تھا۔ رات کے دو بج چکے تھے۔ مجھے سَہر یعنی بے خوابی کی بیماری ہے۔ تمام رات جاگتا رہتا ہوں اور سائرہ سے باتیں کیا کرتا ہوں۔ آپ اُس کو "سائرہ کا تصور" کہیں گے میں اس کو سائرہ کہتا ہوں،

اور میرا ایمان ہے کہ وہ سائرہ ہے۔ اس رات کو میں نے دیکھا کہ سائرہ اپنے دونوں ہاتھ بڑھائے ہوئے میری طرف آرہی ہے اور یہ کہتی جارہی ہے "تم میرے ہو، تم میرے ہو" میں بیتابانہ اس کی طرف بڑھا اور کہا "ہاں سائرہ! میں تمہارا ہوں مجھے لے چلو"۔ مگر وہ مجھے پھر تنہا چھوڑ کر چلی گئی۔ دوسرے دن میرا دل الٰہ آباد آنے کے لیے تڑپ رہا تھا، واللہ اعلم کیوں۔ میں آج صبح کو یہاں پہنچا اور ایک ہوٹل میں ٹھہرا ہوا ہوں۔ میں سائرہ کی قبر پر گیا تھا وہاں مجھے تسکین نہیں ہوئی۔ اس تودۂ خاک کو میں سائرہ نہیں مان سکتا، چنانچہ میں نے سوچا کہ "احسان منزل" چلنا چاہیے، جہاں کا گوشہ گوشہ سائرہ کا آئینہ دار ہوگا، جہاں کی خاک کا ذرّہ ذرّہ سائرہ کی مہک سے بس رہا ہوگا۔ میرا یہاں آنا بے کار نہیں ثابت ہوا، باوجود اس کے کہ یہاں ایک اجنبی رہتا ہے مجھے یہاں بے انتہا سکون حاصل ہوا۔ معلوم ہوتا ہے کہ زمانہ نے پھر کروٹ بدلی ہے اور اب پھر میں سائرہ کے ساتھ زندگی گزار رہا ہوں۔۔۔

مگر آہ! میری یہ قسمت کہاں، مجھے تو ابھی تک نہ جانے کب تک اس دنیائے گردوباد میں رہنا ہے۔ سائرہ کہاں اور میں کہاں! تاہم میرا دل کہتا ہے کہ اب مجھے زیادہ اس طرح جینا نہیں ہے، میرے پھیپھڑے داغدار ہو چکے ہیں، دل خراب ہو چکا ہے۔ سانس باقی ہے جو میرے اور سائرہ کے درمیان ایک دیوار بنی ہوئی ہے۔ مگر ایسی حالتوں میں اس دیوار کا ٹوٹنا کوئی دشوار کام نہیں ہے۔"

جمیل نے اتنا کہہ کر پھر سر جھکا لیا اور اب وہ ایسی محویت کے عالم میں معلوم ہوتا تھا کہ میری موجودگی کی بھی اُس کو خبر نہ تھی۔ میں اب سے چند گھنٹے پیشتر کے واقعات پر غور کر رہا تھا، مجھ کو معلوم ہو گیا کہ سائرہ یا سائرہ کی روح اس وقت زیر لب کیا کہہ رہی تھی۔ میں علت و معلول کی حیثیت اس کو سمجھنا چاہتا تھا اور سمجھ میں نہ آتا تھا کہ حقیقت کیا

ہے۔ جمیل کے چہرے پر مردنی چھائی ہوئی تھی، وہ ابھی سے بھوت معلوم ہوتا تھا، تو کیا وہ سائرہ کا بُلایا ہوا یہاں آیا تھا؟

ساڑھے چار بج گئے تھے، رات اپنے گیسو سمیٹ رہی تھی، اُفق پر صباحت نمودار ہو چلی تھی۔ میں اسی ادھیڑ بن میں مبتلا تھا کہ جمیل چونک کر یہ کہتا ہوا کھڑا ہو گیا،

"زندہ باش سائرہ! میں تو جانتا تھا کہ تو مجھ کو بلا رہی ہے۔ میں تیرے ساتھ چلنے کے لیے یہاں آیا تھا۔ سائرہ! سائرہ! ارے سائرہ! تُو تو ذرا بھی نہیں بدلی، جیسی تھی ویسی ہی رہی۔ میں البتہ کہاں سے کہاں پہنچ گیا۔"

میں مبہوت رہ گیا۔ ہر سمت سے "تم میرے ہو، تم میرے ہو" کی صدا آ رہی تھی اور پھر میرے کمرے سے سائرہ اُسی طرح ہاتھ پھیلائے ہوئے اور "تم میرے ہو! تم میرے ہو" کہتی ہوئی جمیل کی طرف بڑھی اور اس کے ہاتھ میں ہاتھ ڈال کر جس طرف سے آئی تھی پھر اُسی طرف چلی گئی۔ جمیل کے منہ سے ایک حرف بھی نہ نکلا۔ میں اس کے بعد بڑی دیر تک حرکت کرنے کے قابل نہ تھا، جیسے مجھ کو کسی نے محسور کر دیا ہو۔

سورج اپنی پوری آب و تاب سے نکل آیا۔ میں بیٹھا رات کے مشاہدات پر غور کر رہا تھا۔ میں اس کو خواب سمجھ کر ٹالنا چاہتا تھا۔ لیکن واقعات کچھ اس قدر ترتیب وار میری آنکھوں کے سامنے تھے کہ میں ان کی حقیقت سے انکار نہ کر سکتا تھا۔ اتنے میں مجھے اطلاع ملی کہ ایک شخص میرے مکان کی پشت پر جمنا کے کنارے مرا ہوا پایا گیا، اور بعد کو معلوم ہوا کہ وہ مشہور و معروف جمیل تھا جو قید کے بعد لاہور کے ایک دقیع انگریزی اخبار کا ایڈیٹر تھا۔

اخباروں نے تعزیت نامے لکھے، بڑے بڑے اہل قلم نے ماتم کیے۔ میرے خیال میں جمیل کے ماتم کی بہترین صورت یہ تھی کہ اس کی زبان سے سنی ہوئی دستان کو

دہرادوں۔ پڑھنے والے مجھ کو مخبوط الحواس سمجھیں گے اور میرا مضحکہ اُڑائیں گے، مگر محض اس خوف سے میں خدا کی خدائی سے توانکار نہیں کر سکتا۔

آخر میں اتنا اور کہہ دینا ضروری سمجھتا ہوں کہ اُس دن کے بعد سے میں نے پھر سائرہ کی صورت نہیں دیکھی، بجز اُس کی تصویر کے جو ابھی تک اس کمرے میں موجود ہے۔ میرے خدمت گار کو بھی پھر کبھی "بھوت پریت" کی شکایت نہیں ہوئی۔

***

یادگار افسانوں کا ایک منفرد انتخاب

گناہ کا خوف

مصنف: چودھری محمد علی ردولوی

بین الاقوامی ایڈیشن جلد منظر عام پر آرہا ہے

www.ingramcontent.com/pod-product-compliance
Lightning Source LLC
LaVergne TN
LVHW010809051026
849532LV00007B/2485
* 9 7 8 9 3 6 9 0 8 9 7 0 3 *